Lilith

莉莉絲

Charzel 著

目次

目次

故事開始之前

或許在故事開始之前，必須說些令人難過的事，畢竟現實總是殘酷，和我們所熱愛的童話故事與民間傳說不太一樣。

約莫一百年多前，我的曾祖母仍貌美如花時，魔女便自沃爾瓦大陸上銷聲匿跡，她們或是隱入人群之中，或是朝著世界邊緣出發，魔女真正的力量與影響漸漸遭世人遺忘，徒留少數斷簡殘編，與口耳相傳的睡前故事。

這並不特別令人訝異，幾十年來，世界變化的速度快得使人喘不過氣，尤其近十年更是變本加厲，蒸氣推動的巨大機械在草原上奔馳，船飛上天，出現了幫助閱讀的透明鏡片和會自動清潔鏡片的小刷子，我永遠搞不懂這些機械是如何運作，又是如何漸漸取代生活中的一切事物……

咒術書專賣店一間一間倒閉，裝載上法杖的能量電池比纏繞放電魔法的護符還多上整整兩倍，信仰之城登記在案的宗教數量明顯下滑，散發炫光與油漬的鐵皮人偶取代暗巷中的小教小派信徒，不再有人熱衷於鑽研魔法，孩子口中皆是最新型的人造機械，武器商人甚至發明了某種錐狀彈丸，填入粉末藥劑，威力堪比職業法師羅織多時的破壞咒語。

或許再過兩三年，沃爾瓦大陸上的人們便再也無法憶起腳下這片土地的過往，流傳千百年的魔法和安魂咒語會逸散在空氣中，接著被吸進接滿管線零件的抽風口內，化為黏膩汙濁的熱氣，噴吹在每個孩子稚嫩臉龐上。

我無法想像這種事情會發生在自己的時代。而我所能做的，除了動身尋找所有遺落的故事之外，別無他法，或許必須怪自己總摸不透躋身政治高層的訣竅，無法自上而下推動政策，也遲遲找不出全面振興魔法與信仰的有效方法，在短時間之內改變社會大眾的想法，我並沒有這樣的才能。

我只有一雙腿，少許積蓄，以及一管裝上開關與線路的鵝毛筆。

是的，那些我心裡排斥的機械，早已滲入我們生活每一處，市面上甚至沒有一般的鵝毛筆！對大多數人來說，會發光與喀滋作響的或許才是正常的吧！

於是我在充斥黑煙與鋼鐵的戴普凡緹租了間小套房，位處地磚破碎、陰暗濕滑的下坡轉角。滿臉皺紋的房東沒說什麼，機械手臂閃爍寒光，雖然看起來怪嚇人的，倒是從沒催繳過房租或隨意進入我堆滿雜物、狹窄至極的房間（也可能是我沒有發現）。

以此為據點，誇張巨大、充斥罪犯與油汙的墮落之城花費了我整整兩年時光探索與蒐集故事，畢竟這裡留有最多魔女生活過的痕跡，之後依照線索指示，我前往了曾長滿高聳神木的巨大樹叢——約莫百年前，一場森林大火幾乎燒光了一切，今日徒留其名，最醒目粗壯的大樹也僅只三位成年男子合抱之粗，著實難以想像過去盛況。

接著是北方充斥觀光人潮的峽谷區，遊客身上掛滿做工精細的器械，幾乎淹沒了每一吋泥土與草地，食宿昂貴且紀念品大多俗濫，早失去原先的純樸面貌。

而東方王國的政治中心——王城，雖仍保有許多歷史建物與城堡，可自從近百年前最後一位國王退位以後，便徒留華美建築，再也沒有人能真切記得王公貴族之間的風流韻事。

至於南方魔怪之海，收錄了些相關故事，卻沒有特別前往。理由很簡單，魔女與海洋似乎總相互排斥，數百年來她們的活動範圍一直都只在沃爾瓦大陸的中北部，雖說沒有明確證據能顯示她們年老時的最終去向，但能肯定的是，偉大的海神與魔女們的信仰是全然不同的體系與事物，即便彼此的追隨者們有所接觸，但並不互相影響，也絕不互相干涉。

當然，這也只是以我現有資料所做的推論，這幾年來東奔西跑，身上積蓄早所剩無幾，也沒法再支持我前往更加遙遠的地方探訪與蒐集。

時光匆匆，當我終於回到信仰之城，已經過三年又十一個月的光陰，蒐集探訪而來的故事並不算多，相似情節的部分卻出現許多不同版本，必須加以篩選與修改，找出最符合邏輯的、先後排序正確的、姓名人物沒有誤植的……繁不及備載，而這又耗去了我將近一年半的時光。

加加減減下來，約莫過了六年，才產出這樣的一本書，我不能保證這本書定能改變現今社會人們的觀念與想法，使大家對魔女文化及各式信仰產生認同，但我想我已盡力，無愧於心，無愧於親愛的祖母以及偉大的曾祖母。

最後，必須特別感謝我的祖母麗莎，是她告訴我關於她的母親——永遠戴著呢絨帽的凱莎的故事，促成了這本書的誕生。

願神祝福，願光明與黑暗與您同行。

沃爾瓦新曆一三四年九月

向上的理由

那是一個矗立上千萬棵參天巨樹的地方。

人們居住在低矮的枝椏上，地面早在百年前便被盤根錯節的樹根佔領，往下探索是不智之舉，下去的勇士們全都不曾光榮回來過。也沒有人想向上擴張生活範圍，畢竟人類沒有翅膀，而巨樹永無止境的頂端是如此遙不可及。

他們生活在樹與樹之間，出生直至老死，終其一生。

「可是我想上去看看。」凱莎噘起乾裂嘴唇，施壓似的口吻射向比她略高、永遠戴著黑白相間呢絨帽的榮格。

「不好吧？」榮格指腹輕揉頂上呢絨帽——五六年前他們認識之初，他就戴著這頂帽子，說是什麼乖巧與智慧象徵之類的，沒想到這麼多年後，榮格的眼神仍流露著不知如何言喻的怯懦，說話方式和當年一樣吞吞吐吐。

「我……我們也才十三歲，這樣、這樣不好啦……而且、而且最近下面樹根那裡好像有騷動，不、不能讓別人擔心……嗯，不能讓別人擔心我們。」

「你不想就算了。」凱莎的臉罩上了層灰色面紗，轉身離開，頭也不回，就像不允許自己站立在原地一般。

於是她拎著簡單的行李離開了所有人，在夜裡的第二聲鐘響時。

大部分的男人都在較下層的區域駐守，這幾日下方不大平靜，時有兵士失蹤的消息，誰還有心力在意一個半夜翹家的小女孩？沒有居民發現與阻止，她在村落旁撿了棵不起眼小樹，長布條套住樹幹、左腳踩上、撐起身子、再來是右腳、手中的布條往上移、左腳、身體——

一路上都很令人快活，沒有父母的叨唸、沒有村莊裡一堆禁止法規的約束、沒有每晚來自下層樹根區的可怕拖行聲、沒有榮格拖泥帶水扭扭捏捏的態度……吸入肺中的空氣不再那麼陰鬱悲傷，取而代之的是充盈在凱莎體內的興奮與愜意，支持她繼續向上攀爬。

日子一天天過去，陽光變化也比下面明顯許多，餓了摘果子吃，渴了喝葉片上的露水，累了蜷縮在樹枝交錯處休息，偶爾還能幸運找到鳥兒留下的鳥巢，安穩睡上一晚。

當初穿出來的衣服早已破爛不堪，開始發育的身體也留下許多凱莎不曾預期的傷疤。但她從不喊累，即便這艱辛如苦澀的感冒藥水。

畢竟這是她自己選擇的道路。

「啾！」

凱莎嚇了一跳，意識從夢境深層硬是被扯回，本能地連滾帶爬退到巨大鳥巢靠近樹幹那側，豎起寒毛，全身警戒。

是鳥。和她體型差不多大小的鳥，似乎沒有惡意，偏著頭，棒球大小眼珠咕溜溜盯著凱莎打轉。凱莎稍稍放下聳起戒備的肩膀，突然瞥見鳥嘴上掛著頂帽子。

沾染暗紅血塊和混濁樹脂的黑白相間呢絨帽。

「噗哧！」鳥兒發出的鳴叫聲彷如嘲諷，張開雙翅離開鳥巢，和出現時一樣莫名其妙。而凱莎的視野忽地模糊了起來，難以克制，液體熱辣辣割開沾滿灰塵與油漬的臉龐。

時間就像被推入冰川之中，完完全全沒有發出流動的聲音。有那麼一瞬間，凱莎忽然意識到自己只能繼續向上爬。

早已沒有回去的理由、也不須回去。

她能做的，就只是不斷的永無止境的往上爬。

蹲坐等待的男人

樵夫挖了挖覆滿黑垢的鼻孔，噌噌幾聲，肩扛斧頭看著懸崖前的男人。

男人蹲坐在那裡已經好久好久，久到村子裡老一輩的人都遺忘了他的故事。長期拱起的脊椎早成為彎弓模樣，皮膚變為灰黑龜裂石塊，除樵夫外，根本沒什麼人會到這陡峭且雜草蔓生之地。

樵夫在很小的時候便認識他了，跟老爸上山學挑柴砍柴，不小心迷路發現這蹲坐的男人後，包括第一次被村裡的女孩兒甩，第一次被老婆趕出家門，第一次與兒子吵架……每有不如意，他總會自然而然來這發呆，陪陪化為大自然一部分的頑固男人。

聽說對面山頭有個女人也化成了石頭，不過她是直挺挺站立著的，彷彿眺望遠方、時時刻刻等待歸人，而他們的命運也大不相同，女人被高級木頭做成的欄杆圍著，有人二十四小時守在一旁收取觀賞費，不僅在當地頗有名氣，每個觀光客與旅人也都知曉她淒美的愛情故事。

難不成跟姿勢有關？

樵夫腳踩髒兮兮草鞋胡亂想著，和往常一樣走向那石像般的男人，如往常一般開口，

「嘿啊，我說大哥，你到底在這裡等什麼啊？」

沒有回答。

這很正常，同樣的問題他問了二十多年，沒有一次得到答覆，可他就想問，即便每每回應的總是樹葉沙沙作響和彷彿淚水滴落的奇妙窸窣聲，樵夫還是習慣以這句話開場，並以下句話做結。

「我說啊，你等了多久？」

仍然沒有回答。

樵夫倒也沒打算繼續，逕自撿了塊空地坐下，和男人一同感受自山谷下方襲來的冷風。換作是自己，或許待上一兩個小時就受不了了，到底需要多大的執念，才能蹲在懸崖邊，忍受難以算計的無數白晝與黑夜？

說不定是在等待心愛的人，跟對山那女人一樣。也有可能是遇上什麼太過絕望之事，在墜入谷中的前一刻氣力喪盡。

樵夫曾跟妻子提過這件事，後來妻子去問了從南方來訪、職業是魔法用品批發商的親戚，對方說這男人心已死，徒留軀殼在人世受苦，除海枯石爛，永遠無法得到救贖。

他嘆了口氣，今天的風怪，吹得樵夫渾身不舒服，沉下臉思考幾秒後，起身，朝谷底瞄上幾眼，化不開的黑暗彷彿隨時會沿山壁攀附而來，一口將他們吞吃殆盡。

他忽然意識到這樣不是辦法，難不成男人得繼續待到幾千幾萬年之後？可怎樣才是好辦法？

樵夫又想了好一陣子，腳邊的草被踏得亂七八糟，終於，他說了聲抱歉，舉起斧頭，如同平時伐木時，用力揮下。

塔中人

陶爾趴在鐵欄杆圍繞的窗沿，盯著被分割成無數長方的風景，直到日頭落入遠方巨大樹叢之後，才嘆了口又大又長的氣。

這是他今天第五次嘆氣，第十七次將臉靠在石砌的窗台上。

「如果自己當初沒被送進塔裡，大概早就結婚生子，兒子也會隨王國軍前往巨大樹叢征討魔怪吧？」

他偶而會產生這種想法，前幾年倒是還好，但隨著時間流逝，心中莫名產生的悔恨愈是強烈，彷彿化為厲鬼，無時無刻在耳邊呢喃。

叮咚！

晚餐準時自窄小的運輸通道送達房裡，陶爾起身查看，只有馬鈴薯泥、吐司、黃黑青菜和幾片紅蘿蔔。

最近的伙食縮水了？原本會隨餐附上的酒水哩？他又湊回窗口，地面開始出現點點微光，尤其是酒吧那條街，更是早已燈火通明。

要是當初沒有自願就好了。

癱坐在木椅上，他回想起了十多年前因為名字諧音與鎮上一夜建起的高塔相近，便時常被親朋好友調侃，之後定會住進塔裡。沒想到久而久之，這反而成了積壓在肩上的使命感，即便魔女開出的條件極為不合理——在高塔中監禁一個人一輩子，來換得小鎮剩下三千人的安全。

怎麼想都不對勁啊！那時怎會反對鎮長以抽籤方式選出犧牲者，而是自告奮勇進到塔中哩？

他還記得那天豔陽高照，所有人簇擁在街道旁，目不轉睛盯著陶爾一步一步走向幾近聳入雲端的高塔中，有些人哭了，可大多數人臉上帶著笑意，多麼偉大的情操啊！為了鎮民犧牲了自己的青春及後半輩子，應該被寫入小鎮歷史之中，甚至為他立起雕像啊！

結果呢？這什麼鬼？陶爾用叉子反覆攪動看似難以下嚥的馬鈴薯泥，索性不吃，起身走向房內另一處運送生活必需品的通道口。

籃子裡毫無章法擺著牙膏、紙筆、沒翻過的早報和水果，他在籃中來回翻動，別說以前會瘋狂而至的慰問信件，連母親的家書也沒有。

媽現在不知道過得好不好，要是當初……算了算了，當時哪有考慮這麼多？還不是因為衝動、毅然決然的自願……

可這樣真的是自願嗎？陶德回到窗邊，低頭拄臉。

魔女開出條件，鎮民妥協，決定抽出一人為大家承擔災禍，而自己站了出來，被關進高塔裡直至今日……或許很多孩子只知道鎮上有個看似沒什麼功用的高塔，卻不知道我這人吧？

我真的是自願被關進來的嗎？在每個人都想逃避時站出來，是自願還是被迫？

陶爾搖搖頭，砰一聲躺回床上，等待明天、後天、以及大後天的到來。

魔女繼承者

莉莉絲滿臉不可置信，睜大眼睛看著前方三十幾位同時轉身面向自己的姊姊們。而每位長相相同的姊姊表情各異，如烏龜般緩緩讓出條足以讓她通過的窄小通道，直達臥床的母親之前。

她內心五味雜陳，畢竟她不是莉莉，是莉莉絲。

自古以來，魔女總有三十三個女兒，彷彿詛咒似的，每個都長得一模一樣，也統一命名為莉莉，而每個人的工作各異，有的女兒餵養巨大樹叢下的怪物、有的負責到遠方王國迷惑王子、有的則監控小鎮及高塔裡的犧牲者……在魔女臨死之前，會將魔女的正式頭銜傳承給其中一位女兒，剩下的三十二位，除了一同死去之外，只剩另一個選項，幫忙新任魔女直至年華老去。

可莉莉絲不一樣，她是沒有資格成為魔女的第三十四個女兒。

原本這是不可能發生的事，但母親在製作女兒時出了意外，讓她來到這片大陸之上，還得到了比其他姊妹更具潛力的魔法體質。

長年以來，母親的偏愛是事實，更多樣的訓練內容、擁有自由進出書房的權限、甚至讓莉莉絲成為貼身侍女，無時無刻隨侍身旁，曾有其他姊妹公開反對，想將她逐出魔女世家，或是偷偷在茶葉裡放進食人花種籽試圖置她於死，沒想到歷經波折，母親最後還是破除往例，將頭銜傳給了她。

「為什麼？」「竟然不是我？」「快上前去啊！」「可惡！不能接受！」「好好喔我也想成為有頭銜的魔女……」「掰掰莉莉絲。」「好無趣……」「嗯哼。」「她能勝任嗎？」「我受夠了！」「大家反應真激烈。」「她好像很為難。」「明明就是沒有資格的人啊。」「笨蛋。」「想回去了。」「母親在想什麼啊？」「之後會很難辦啊……」

莉莉絲深吸口氣後邁出步伐，她彷彿能聽見身旁眾多姊妹的竊竊低語，但她假裝什麼也不知情，走至母親身旁，雙膝跪下，將母親因魔力耗竭而枯槁的右掌輕放至頭頂。

如深谷漆黑濕冷的能量緩緩流入體內，她能感受巨大鱷吻的死亡之神低頭俯視，雙眼腥紅，母親沒多說什麼，連同衣物嘩啦幾聲化為粉塵。

接下來呢？我該哭泣嗎？或許該回頭說些什麼？

莉莉絲不太確定，遲疑站直身子，轉過身去。

有一些姊妹已悄悄離開，而留下的，近乎同時舉起隨身攜帶的短刀，朝自己喉間刺下。

聖城錫奎

除了那受詛咒的小鎮高塔外，聖城錫奎的禮拜塔無庸置疑是沃爾瓦大陸最高的建築物，尤其是頂端的露臺，不僅能遙望北方深谷、西方巨大樹叢、南方魔怪之海，甚至遙遠的東方王國之城也能略覽一二。

「感謝慈愛且平等的白鷺神，賜與我如此美妙的風景！」每日清晨，教宗大人總會如此感激他大半輩子追尋的白鷺神，並坐在鋪著流蘇坐墊、柔軟舒適的躺椅上曬陽光，等待餐點送上露臺。

王國的軍隊駐紮在城外不遠處，那些沾滿腥血的兵器與不潔髒汙的鎧甲是無法進入城中的，渾身充滿殺戮氣息的士兵亦然，即便他們抱持消滅樹叢下邪惡魔怪的崇高理想，聖城的律法還是嚴加禁止他們踏入任何一步。

這裡可是潔淨無比、不容一絲玷汙之地啊！

「大人，為您送上餐點，」教宗的貼身侍從披著純白鑲銀長袍出現在門口，彎著腰將餐盤放上矮桌，「今天早餐是歐姆起司蛋包與精烤土司，搭配城外原野新鮮現擠牛乳，望您慢慢享用，白鷺神永遠祝福您。」

教宗在額前擺出錫奎專有的拱狀感謝手勢，優雅捏起銀叉，「真是辛苦你了，雷西斯特。」

「不會的，大人。」

「近日有什麼事情需要我煩心嗎？」

「稟告大人，僅有二事需由您來做出決斷。」雷西斯特謙恭有禮，語氣不帶任何情感。

「什麼事？」

「首先，近來許多我們的僧侶發現，來聖城遊覽及朝拜之人對於奉獻一事略感遲疑，似乎是因為他們手中多是面額較大之貨幣，因而捨不得奉獻給我們崇高的白鷺神。」

「這樣啊……」教宗來回攪動盤上蛋包，抽動嘴角，微微皺起早已染白的雙眉，「多派一些僧侶將零錢分裝成小包，在城中各處詢問觀光旅行者是否需兌換零錢即可。」

「是，大人英明，在下會吩咐下去的。」

「另一件事呢？」

「關於王國的魔怪討伐軍，王城發來了請求信，希望我們能提供軍隊乾淨飲用水及乾糧，並祝福士兵，提振士氣。」

「國王難道不知道自己沒有任何權限命令我們嗎？」教宗滿布紋路的慈祥臉龐皺成一團，散發地獄妖魔般的氣息，雷希特斯倒抽一口氣，謹慎回應道：「因此王國發來的是請求信。」

「這樣啊……」

隨手將叉子扔回吃剩一半的餐盤中，教宗示意雷西斯特收走，再度恢復以往聖潔氣質，「當然可以替所有士兵祝福，畢竟在偉大的白鷺神之下眾生平等，所有人都能得到同等對待，至於水及食物，請替我回覆王城，一切免談。」

「是的，大人。」雷西斯特低著頭默默收拾桌面，行禮後轉身離開露臺最光亮之處。

監控者莉莉

原先負責監控小鎮高塔的第十三位莉莉，在新任魔女手忙腳亂之際，趁機接管了巨大樹叢下餵養魔怪與研究屍體縫合生物的工作。雖然還有許多百廢待舉的工作項目，可她既對採集藥草沒興趣，也對研究古代魔法一點概念也沒有。

前幾日的魔女繼承儀式上，幾乎所有姊妹都心有不甘，懷著強烈恨意自殺了，活下來的只剩流浪的第七位、監控高塔的自己、收集血液的第十九位、以及熱愛迷惑王族公子的第二十八位魔女。

她能理解那些選擇死去的姊妹是怎麼想的，母親打破了傳統，將魔女頭銜給了數百年來少見、不符資格的第三十四位妹妹，因此她們以死亡來作為抗議，可莉莉知道真相，知道新任魔女莉莉絲和自己不一樣，並不是由屍塊與魔法構成，而是全然新生、懷胎十月產下的生命。

孩子的父親是高塔裡的男人，男人在母親離開時，便因強力失憶咒而遺忘此事，可身處遠處、透過鬼鴞雙眼監控小鎮的莉莉完完整整目睹了一切過程，她知道母親想掙脫這彷彿詛咒般緊緊壓迫雙肩的傳統規範，也知道母親真心期盼能創造新生命，而不僅只是死者復甦、操縱殭屍這些魔女已習以為常的把戲。

只不過，這麼做就能讓新任魔女逃離束縛，過著幸福快樂的日子嗎？

所以莉莉決定活下來，雖然相對的代價是終其一生得協助妹妹莉莉絲，但她無所謂，只要能繼續見證這座大陸上的歷史遞嬗，她甘願如此。

垂眼看著蜷伏在錯綜粗大樹根下的魔怪們，莉莉扔出從墓地帶來的肉塊，墓地的負責人總是有辦法弄到她需要的東西，肉還未落地，幾隻長滿吸盤的肥厚觸手爭相攔截，搶成一團，絲毫不在意口感或口味。

原先居住在低矮枝椏的居民們早已被吞食殆盡，誓言消滅一切邪惡的王國也派出了軍隊，駐紮在聖城錫奎附近原野，隨時會朝這裡繼續進軍。

莉莉不太確定自己會不會與他們爭戰到最後一刻，這對她來說沒什麼意義，她的出生注定是不潔的，就算作為如同聖女一般，對某些人來說她仍是災厄的象徵，畢竟過去與出生永遠無法抹滅與改變。

或許她會因此而死，或許會死而復生，體會也是見證的一部分，見證殘酷殺戮，見證魔怪與人類之死，見證勝利與失敗，見證往復輪迴的部分循環。

「唉，別搶別搶。」籃中的肉塊被魔怪們一掃而盡，她果斷扔下竹籃，輕巧躍上更高一些的巨大樹枝上，併腿而坐，等待黎明自遙遠的東方升起。

戰爭就快要開始了。

士兵席爾

席爾知道自己會下地獄。

他在戰場上殺過幾個人，為了國王，為了正義，為了錢，為了家裡的母親，為了國家的榮耀。

遠處高臺上，身穿鑲金長袍的教宗大人口沫橫飛說著什麼，依靠聖能運作的白鷺神造型擴音器並沒有完全發揮功效，激揚演說傳遞到席爾身處之處時早已斷斷續續，他並沒有認真聆聽，也不想多浪費氣力在這之上。

眾人膜拜，呼喊白鷺神之名，接著禱告。

席爾忽然想起離開王城的前一晚，他留了封信給母親，希望母親能為他舉杯歡笑而不是哭泣，畢竟這一天終會到來，只是時間早晚的問題。然而母親沒有收下廉價信紙，反而沉著臉將他趕出家門外，於是他索性不睡，握起長劍，提前半天到廣場上等待集合。

結果原先說好、由國王親自祝福的出征儀式臨時取消，聽說是和新來的女舞者徹夜狂歡，上級長官也無可奈何，草草叮囑幾句，軍隊便離開王城，往巨大樹叢進軍。

起身，再次呼喊白鷺神之名，接著低頭等待教宗大人的祝福灑落頭頂。

因眾人動作而發出的甲冑摩擦聲此起彼落，席爾打直膝蓋，盯向沾滿草灰的鐵靴，這雙靴子陪伴了他整整五年，或許會陪他一起下葬？他不確定，說不定沒人會幫他下葬，也找不到合適且便宜的墓穴。

聽說巨大樹叢裡的居民全死了，魔女餵養的魔怪一夕之間自樹根湧出，巨大觸手將所有人捲進胃袋之中，而魔怪的下個目標便是聖城錫奎，因此不得不派軍消滅罪惡……如果說，這些都是魔女的陰謀，只是想藉機削弱王城兵力？席爾不敢多想，伸手接下前方遞來的銀製聖酒杯。

只要喝下錫奎的聖酒，便能得到白鷺神的無盡祝福，這可是沃爾瓦大陸自古流傳的禮俗之一，他略微顫抖的雙手捧杯，朝杯內窺看……裡頭已一滴不剩，也是，這樣小小一杯酒，怎麼夠所有士兵喝呢？可他還是將聖酒杯高舉至眉表達敬意，再故作啜飲狀，接著傳給身旁的下一位士兵。

交過杯子時，席爾認出他來，是個叫歐德利的傢伙，平時不怎麼說笑，是那種會絕對遵從長官命令的人，席爾看了他一眼，他也同樣望向席爾雙瞳，有那麼一瞬間，席爾忽然覺得對方和自己是同種人，有相同的血液在躁動著，或許也殺過幾個人、為國王出征過幾次、家裡有年邁的母親、或是同樣需要錢。

歐德利接過聖酒杯後，有樣學樣，假裝喝了口聖酒，再傳向下一個士兵。

他們沒有再看相彼此，也未曾交談。

遠處高臺上的教宗大人仍喋喋不休說著什麼，席爾不想花費心思在聆聽上，只是徒然望著遠方發愣。

他知道自己會下地獄，接受黑鱷神的審判，只是時間早晚的問題。

除了教宗與國王，在場的所有人，都會下地獄。

旅行者莉莉

莉莉來到北方山谷的村莊時，南方平原上的王國軍已逼近巨大樹叢，戰爭一觸即發。

村莊中的旅行者及觀光客明顯減少許多，可她並不特別在意，關注戰事並非她出身時被賦予的任務，她只需負責四處遊歷、記錄所見所聞，並統合彙編成易於閱讀的版本交給繼承稱號的魔女。

可惜魔女死了。那時她正在對面的山谷中撿拾少見的魔法石像碎塊，無法趕回去參加傳承儀式，聽說破例傳給了第三十四位女兒，而幾乎所有姊妹在終於得以選擇的那刻，結束自己生命以示抗議。

消息是排行第十九的姊妹傳來的。傳遞訊息、擁有巨大眼眸的鬼鴞就停在她的背包上，直勾勾盯著她，怎樣也趕不走，直到她保證不會和其他人一樣自我了斷，鬼鴞才拍拍翅膀，噗嗤噗嗤飛離谷底。

莉莉其實不太懂眾人複雜的情感與思維，雖然她一輩子都在旅途上，可她的任務只是蒐集，而非體會，或許是她被製造出來時的設定還是制約，無論魔女是否健在，她都無法成為多愁善感之人。

日頭逐漸朝西方的巨大樹叢靠攏，莉莉在樹下歇了會，沿著木製指示牌的方向走去，靠近懸崖處有座著名的望夫岩，相傳那滿懷思念的女子在崖邊佇立了不知多少時日，終化為石塊，日夜遙望對山。

背包裡的魔法石塊隱隱震動，她不甚在意，這是常有的事，畢竟它們纏了層未知的魔法，並不是那種路邊隨便撿來的石頭，也不是贗品商人口中極具價值、卻一點用處也沒有的劣質寶石。

多花了些時間才爬完蜿蜒的上坡路徑，待她抵達圍籬裝飾之地，天色已趨近昏暗，守著岩石、收取觀賞費的人不知跑去哪兒，莉莉繞過遙望的女子雕岩，放下背包，掏出沾染過魔法液體的記事本，盤腿坐在望夫岩與懸崖之間，等待月亮升起。

即便魔女死了，或許是習慣，她仍然想記錄下美麗的時刻。

微風徐徐，崖下村莊燈火通明，完全感受不出南方戰爭的緊張感，唯有袋中碎石塊劇烈震動著，比上山之前更加焦躁不安，莉莉不明白發生了什麼事，乾脆將它們全數倒出，一塊塊排在望夫岩之前。

彷彿賦予了生命似的，石塊在第一道月光的照射下開始緩緩移動，微微騰空，接著逐一拼湊，最終成為男人蹲坐在地的樣態。

微光之中，男人緩緩起身，對著女人張開雙臂，而女人渾身顫動，標緻臉龐滑落晶瑩淚珠。

不知何故，莉莉心中燃起了想繼續旅行下去的火苗，這是第一次發自內心認為——為了任務，同時也為了自己。

海弗克

海弗克在七歲時用乾草叉殺了一頭半狼半羊、背部滿是膿包的魔怪。

那天陽光熱辣，海弗克對當時的天氣印象深刻，他記得自己的胸口又黏又濕，粗糙布料緊緊貼著皮膚，頭皮又臭又癢，出了門之後拐幾個彎，再小跑步一段路，就看見一些村民圍在被破壞的柵欄旁——十幾年前還是魔怪肆虐的年代，捕獲那些偷襲牲畜的魔怪並不是件稀奇的事，抓到魔怪的是海弗克父親的朋友，他被叫了過去，就像父親幼年時被爺爺叫去一般，魔怪四條腿斷了三條、牛鈴大小的眼中血淚參半，父親用乾草叉挖出了牠背上的幼兒魔怪，接著將鐵叉交到小海弗克手中。

「聽著，兒子，我不是要教你殺戮，你要記住，這是牠們應得的。」

地面泥濘不堪，摻和鮮血的腐爛味直衝海弗克的高挺鼻子，魔怪幼兒還未開眼、掙扎著擺動四肢，旁邊的母親奄奄一息，發出微弱悲鳴，彷彿和人類一樣擁有情感似的，他高舉乾草叉，吞了吞口水，一下、兩下、三下。

像他父親年幼時，也像他們家族每個男人年幼時做出的抉擇一樣，他刺穿了魔怪的腦袋。

那時的他沒想到自己長大後會離開村莊，加入王國軍，一回過神，已手持長劍，在戰場上來回揮砍。

他不是魔怪學家，所以不清楚眼前長滿吸盤觸手的傢伙是什麼妖魔鬼怪，無數滑膩觸手自巨大樹叢的中竄出，拉捲掃掠衝鋒的士兵——他甚至不知道王國軍面對的是一隻大魔怪，還是無數隻章魚怪物。

跑在他前面的士兵被觸手纏住了腳，高高甩起，跌在另一個士兵的劍尖之上，他認得他，是個叫席爾的陰鬱傢伙，話不多但並不討厭，海弗克用力搖搖頭，撇開心中逐漸升起的恐懼，加快腳步，高舉長劍，朝最近的觸手俐落揮下。

觸手斷成兩半，黏液和鮮血噴進了鏽蝕的鎖鏈胸甲及靴子中，他沒有停止動作，繼續揮舞利刃，一下、兩下、三下。

魔怪必須死啊！牠們佔據了人類的居所、將人類作為食糧、偷取人類的牲畜與作物……他不是為了殺戮而揮劍，他並沒有錯，而這只是該死的魔怪應得的。

他不斷的砍、不斷前進，而身邊的同伴們愈來愈少，大多死在觸手緊勒與摔拋之中，僥倖存活的傷患被送到戰線後方，讓施展聖能的聖城僧侶能夠治療傷口，他受了些小傷，但沒有什麼大礙，再差一點就能進到巨林之中，殺了那狗娘養的——

燃著火焰的箭雨倏然而至，落在紫色觸手上、樹幹上、泥濘上、倒地的士兵身上、還有剩下仍奮鬥著的勇士們肩膀與背脊上。

一支、兩支、三支。

灼熱箭尖穿過鍊甲縫隙、劃開流淌汗液的肌膚，埋入海弗克的身體之中，他伸手想折斷妨礙肩膀動作的箭矢，更多的箭在下一刻刺進身上，他痛得跪倒在地，長劍自掌心鬆脫，顫抖爬行的姿態就像頭全身長滿尖刺的刺蝟魔怪。

「聽著，兒子，我不是要教你殺戮，你要記住，這是牠應得的。」他的腦中響起父親的話語，可這又是怎麼回事呢？他上戰場並不是為了被人類射死的啊！

他憤怒，出聲嘶吼，然後就什麼都看不見了。

樹頂的女孩

硝煙只花了半天時間，便飄過凱莎的高度，消失在逐漸聚積的雲層之中。

凱莎的後頸曬得紅通通，她用僅存的破爛衣料綁起葉片，纏在自己胸前及雙腿之間，雖然不曾在巨大樹叢的高處遇過其他人，但她還是習慣身上穿戴東西、摩擦皮膚的感受。

黑白相間的呢絨帽早已被雨水洗淨，凱莎將它戴回頭頂——有點大，畢竟不是她的東西，而明顯比第一次相遇時大上許多的鳥兒停在附近枝椏，自從牠叼來帽子後就賴著不走，時不時在凱莎周圍打轉，凱莎一開始十分排斥，但知道憤怒與驅趕無濟於事後，她也就隨牠高興，在鳥兒的陪伴下繼續攀登。

風很大，越接近樹頂，越漸稀疏的樹葉能遮抵的豔陽與風雨也少了許多，不僅只是曬痕，凱莎的肩胛和雙臂、以及整片背部早已出現一條條皺紋與斑點，她並不非常在意，原先在樹底容易乾裂的雙唇反而濕潤許多，像初生的嬰兒肌膚般柔軟。

凱莎並不清楚自己爬了多少晝夜，可她知道自己即將到達巨大樹叢的最頂端，風景絕對會很棒吧？她想。

肚子有點餓，咕嚕叫了幾聲，她低頭查看葉片製成的背袋，確認還剩多少顆從較下層摘採的樹果，十顆，正好分成兩份，自己五顆，菲登五顆。

菲登是凱莎幫鳥兒取的名，因為除了「噗哧」之外，牠時常發出「菲——登登登登」的怪叫聲，惹得凱莎忍不住竊笑，菲登對凱莎來說並不是寵物，而是更接近同伴或朋友的存在，以填補那些她再也見不到的人。

過了幾小時、或許更久一些，凱莎才終於抵達她夢想中的所在，巨大樹叢之頂。天空離她如此的近，是以前的她從未想像過的，整片大陸上散落著玩具般的城鎮聚落，更遠處有城堡，平原中央有閃閃發光的白色大城，北方是無數峽谷，南方是幽暗的廣闊浪潮，身後則是太陽終將歸返之處。

一條條灰黑的硝煙如樹蟲一般扭曲而上，下面出了什麼事吧？凱莎的耳道中滿是一陣一陣風的呼嘯，她大口啃起樹果，將另外五顆一次扔進菲登的大嘴中，「接下來該去哪呢？」

已經沒有回到樹叢下的必要，也只能朝別的地方去了。要是將時間推前，凱莎肯定又會哭得不像樣，像隻落水的無助小狗，但是現在不會了，即便哭，也改變不了下方村落已消失不見的事實不是嗎？

她放慢動作，仰頭癱在菲登的豐羽上，其實早就有了些構想，只是現在還想多待一會，雖然位置高低不同，這裡畢竟是養育她十多年的地方。

「菲——登登登登——」

鳥又開始發出怪叫了，凱莎摸了摸牠的背脊，並不特別寬，但也足夠容納她那小小身軀，「接下來到南方吧？有海的那裡，你覺得如何？」

「噗哧！」

「不要嗎？那北方怎樣？有很多山谷的地方。」

「菲——登登登登——」

魔怪奧托

在莉莉造訪巨大樹叢之前，魔怪奧托是沒有名字的。

自牠——嚴格說起來是牠們，有意識以來，就已居住在盤根錯節的粗厚樹根與陰溼土壤的孔隙之中，像海裡的珊瑚般，牠們緊密聚合在一塊，並各自伸出覆滿吸盤的觸手，在樹洞與孔穴中延展探尋，共用胃袋、共用大腦、共用摸索到的任何一絲食物。

那時候的牠們只吃腐肉，鳥類的、鹿的以及所有居住在巨大樹叢中的生物屍體，食物缺乏時，偶爾會有魔女現身，餵食一些從墓地帶來的肉塊，而當巨大樹叢的居民懸起葉片製成的吊床，將往生者吊掛而下，牠們便知道又可以飽餐一頓了。

這樣的日子持續了多久，魔怪們並沒有完整概念，晝夜運行在陰暗樹底沒有意義，睡眠、進食、排泄、分裂、聚合、死亡、新生，這就是牠們的一切。直到某一天，其中一位好事的巨大樹叢居民向下冒險時，親眼目睹魔怪緩慢吞食屍體、饜足的將能量充滿每一吋吸盤，事情才開始變得一發不可收拾。

只見他滿面驚恐，匆忙回到村莊中通風報信，而眾人也在那時果斷決定，誠徵志願壯丁，帶上武器、穿起藤甲、駐守在更下層之處，以抵禦可能會對村莊造成威脅觸手魔怪。

不僅只抵禦，村長同時向全村發布消息，只要斬去、燒盡、以各種形式消滅魔怪，便能得到高額賞金，村莊的氣氛頓時活絡不少，所有人都動了起來，毫無節制的向下擴展，開發樹洞、挖掘土壤、毀滅所有外觀類似魔怪的一切。

日復一日的燒殺之下，魔怪們終於無法忍受棲身之處遭到掠奪，並試圖用長而黏膩的觸手甩向人類——效果出奇的好，人類的骨頭輕易碎裂、刺穿內臟，血液的鮮甜滋味也使魔怪興奮不已，如同發現新大陸般，變本加厲掠食更美味、更新鮮、而且更富營養的活人居民。

等到莉莉造訪之時，巨大樹叢裡的村莊已全數毀滅殆盡，魔怪也成長成誇張巨大的樣貌體態。

她是排行第十三的魔女，替魔怪取了奧托這名字，如母親般憐惜的撫摸牠們黏膩表皮，並一齊等待王國軍的來到，一齊等待結果。

當王國的長劍士兵衝殺而至，火箭如雨落下，她沒有畏縮，而是與魔怪站在一塊，忍受燃燒引起的刺鼻焦臭，沾滿飛濺的汗液血水，迎受聖能的淨化之力，盼望以最醜惡原始的姿態死去。

而魔怪奧托並不後悔當初吞吃人類的決定，即便牠們知道自己永遠敵不過如蟻類般源源不絕的人類，也能明白自己的作為是逼不得已，是本能，而且得為此付出代價。

因此當最後一根利箭刺穿腦袋時，牠們並沒有其他情緒，牠們能感受魔女在牠們身旁的氣息，對奧托來說，這樣就已經足夠了。

反叛者雷西斯特

「願偉大的白鷺神保佑。」

矮桌上的餐點並未食用完畢，引來幾隻黑溜溜的蚊蚋盤旋沾染，雷西斯特掏出潔淨手巾，擦去教宗大人口中溢出的黑血，闔上他圓睜的驚恐雙目。

巨大樹叢下戰火仍未止息，自聖城錫奎的露臺上清晰可見衝陣拚殺的士兵一個個倒下，後方負責療傷的僧侶寥寥無幾——全都是志願參戰的聖城僧侶，當初教宗大人拒絕了派遣醫療人員隨王國軍出征的請求，理由是殺戮不符合聖城人民所信奉的教義與精神，然而，眼睜睜看著其他人死去就符合白鷺神的教誨嗎？

雷西斯特並不認同教宗大人的做法，他以白鷺神之名，包裝上最華麗的奉承詞藻及利弊分析，在送上早餐、例行報告等能夠與教宗大人對談的時機提出自己看法，可教宗總是聽不進耳，斥責他的一廂情願，繼續奢華的每日行程。

對教宗來說，只有聖城的居民才能真正受到白鷺神的關愛，不信奉白鷺神的異邦之民就只是次等的人類，而次等人類的死活，有誰會在乎？

至少對部分聖城居民來說，教宗大人是絕對正確的存在，但雷西斯特卻難以接受如此想法，身為棄兒、有幸被聖城居民接納的他靠自身努力成為教宗的貼身侍從，如此劃分貴賤、明辨你我的論調總是令他憤怒，卻仍得在教宗面前隱去想法脾氣，展現高雅與專業形象。

直到戰爭爆發，他終於無法忍受，在為教宗特製的早餐中，加入足以致命的高劑量毒藥。

教宗如往常般大口喝下城外原野的新鮮牛乳，在劇痛中離世。雷西斯特無法預知接下來會發生什麼事，也許聖城之民再也不信任城外的棄兒，甚至對他們欺凌報復，自己可能會被架上木枷遊街示眾，接著在白鷺神祝福的廣場上遭利矛貫胸而死，事情可能也會朝反方向發展，他會成為下一任教宗，使白鷺神不再只是一座城的信仰。

雷西斯特挺直腰桿，收起沾染髒汙的手巾，讓屍體在躺椅上呈現舒適姿勢，或許這樣就足夠了，即使無法使聖城照著自己的方式更好，短暫的改變就足以讓戰場上的眾人不再受苦。

這算一廂情願嗎？他想。

穿過露臺，走進室內，他推開裝飾華麗的三米高厚門，兩側侍衛如平時一般穿著堅挺軍裝，銀盔閃閃發亮，隨時準備為教宗拚命廝殺。

「教宗大人有令，以白鷺神之名，派遣聖城僧侶前往戰場支援後方。」

戰爭結束

當最後一絲聖能自僧侶體內榨乾時，傷患仍源源不絕的送至戰線後方。他們是自願離開聖城，跟隨王國軍前往戰場的僧侶，除了征戰前的祝福儀式，教宗大人不願意提供討伐魔怪的軍隊更多幫助，雖然有隨行軍醫，但少了潔淨聖能的治療，受傷士兵的復原與存活機率也會大大降低。

戰爭結束了，夜幕也將在幾刻鐘後，傾垂於燃起濃煙的巨大樹叢之上。臨時搭起的帳篷裡倖存者們忙進忙出，負責搬運屍體的士兵在病床邊等待，隨時準備換上下一位替補床位的人，臭氣瀰漫，所有汙穢與血腥混雜在每一口呼息之間，五六個大帳篷圍成了一圈，中間是戰前挖好的大坑，層層堆疊著因傷勢嚴重無法救治的傷患，或是已嚥下最後一口氣的已逝之人。

傷者大多摔斷了腿、摔斷了臂膀、有些摔壞了腰、有些則是肋骨與頸椎，幸運的摔在泥地之上，不幸的則摔在弟兄們的長劍尖端，少部分拖著條腿回來的背上插了箭，而大多數在箭雨中奮戰的則再也回不去母親或妻兒的柔軟懷抱。

僧侶們光是確認傷勢時，便完完全全能體會觸手的蠻橫擠壓以及身體墜落地面時的衝擊，對士兵產生了多少苦痛，許多人哭了，像孩提時在路面摔倒一般，有些傷者眼眶泛紅仍緊咬牙關，為了尊嚴忍受處理傷口時的痛楚，哀嚎聲四起，所有人都曾在腦中閃過一個念頭，懷疑自己是否真的身處戰場後方，還是已落進無盡折磨的地獄之中。

指揮官大人陣亡了，衝鋒們陣亡了，參謀們也陣亡了，號稱萬人的軍隊現在只剩不到一半，即便成功消滅魔物與魔女，終究稱不上是光榮且成功的勝利。

受傷的人持續增加著，而數量不超過百位的僧侶們早已束手無策，回聖城補充聖能的路途過於遙遠，天色漸暗，移動速度也會因視線不良而大幅降低，除了雙膝跪地、誠心祈禱白鷺神垂憐，手無縛雞之力的他們再也幫不上任何忙，只能在即將滿溢而出的屍體坑旁流下無助淚水。

噠噠……噠噠……噠噠噠噠……

後方忽地傳來大量馬匹奔馳踏地之聲，僧侶們抬起頭來，瞇起因氣力耗盡而迷茫的雙眼，「我們是來自聖城的僧侶——教宗大人有令！我們必傾盡全城之力，幫助諸位度過難關！」

「教宗大人……？」

「我們是來自聖城的僧侶啊！教宗大人有令！我們必傾盡全城之力，幫助所有人度過難關！」

帶頭的年輕僧侶一次又一次的高聲呼喊，許許多多的人都哭了，包括那些苦撐的虛弱的勇敢的疲憊的悲傷的憤怒的……接著，迎來日頭已盡的今日的第一聲歡呼。

死亡遊行

莉莉絲腳步輕盈，蒼白纖足跨過斷箭與殘肢遍布的血染之地。

夜幕低垂，不遠處五六個大帳篷滿是人類，他們急促交談，語調裡參雜歡欣與憂傷，為逝者哀悼的同時也為生者歡舞。莉莉絲知道聖城的援軍已抵達戰場後方，開始替所有士兵療傷，而她所站之處，則是混合交雜的漆黑與死亡。

她並不討厭人們因保存性命而歡慶，畢竟她也算是半個人類，只是莉莉絲不認為腳邊所有如同刺蝟般、渾身上下插滿箭矢的屍體們，想法也跟自己一樣。

繞過斷臂、魔獸發紫的觸手、胸骨、旌旗、側身避開串了幾個人的長劍、坑、鋼盔、頭顱、輕踏滿是凹痕的鐵靴、破盾、屍體……周圍的一切皆是如此殘破不堪，但莉莉絲知道自己沒有來晚，這是預期中的結果，戰事將會慘烈結束，所有參與的人無一倖免。

當莉莉絲終於停下雙腳，抬頭仰望，眼前腳陷土阜、比她高出許多的是她排行第十三的姐姐，胸口鐵箭貫穿心臟，裙擺因火焰燃燒而發黑破爛，肩上、腹部、雙腿也都受了傷，而她腳下的巨大魔怪更是密密麻麻滿布利箭，一條條粗壯觸手如散開的花葉癱軟在旁，似乎是為魔女擋下了大多數攻擊——而魔女就這樣雙膝打直、挺起胸膛的迎向死亡懷抱。

她知道姐姐並不害怕，畢竟她們自死亡中誕生、終其一生與死亡為伍，而死亡也只不過是創造生的必經過程。可是人類無法理解，他們懼怕、憎惡關於死亡的一切，甚至不惜將自己推上死亡的刀口，好用來阻止他們口中死亡的產物。

或許當世界停滯不前，不再有新舊消亡更替，對人類來說才是最好的吧？

莉莉絲搖搖頭，低聲唸起咒文，她知道自己接下來的作為並不會讓一切變得更加美好，但是無所謂，自她踏入戰場邊緣至此，無數屍體的顫抖低鳴、悲戚悔恨、憤怒無奈、哀求渴望，全都切切實實的傳入耳內，在腦海之中迴盪，即便生死無法永久回逆，身為繼承魔女力量的人，她仍必須這麼做，才能撫慰亡靈。

咒歌詠唱，在林枝間蕩遊，戰場上曾經活著的都聽見了，更遠之處的生者也確確實實停下手邊工作，面容愁苦驚懼。

姐姐的手指顫動了幾下，接著是頸部，腳邊的觸手緩緩舒展，遭箭扎成刺蝟的屍體也拱起背脊，再來是臂膀，血汙浸染的鎧甲錚錚作響，腳踝抽出泥濘……忽然之間，死氣沉沉的平原與森林再度躁動了起來，驚飛一群又一群棲息林間的鳥類。

「……莉莉絲？」

「第十三位姐姐，我來了。」

蜷曲緊縮的魔物觸手終於再次活動起來，緩慢爬過堆滿破碎屍塊的地面，莉莉絲自地上飄起，和第十三位莉莉四目交接，溫柔伸出右手，拔出利箭。

「來吧，遊行開始了。」

媚惑者莉莉

鬼鴞帶來信息、停落在裝飾華美的石造窗台時，排行二十八的魔女莉莉與年輕王子的熱烈交纏剛告一段落，雙雙仰躺喘息，渾身是汗。

和其父王相比，王子各方面表現皆在莉莉的預期之上，她伸出纖白細手，指尖在明顯鍛鍊過的結實胸膛四處遊走，渴求更多濃烈回應，但王子倏然起身，不再轉過臉來，「今夜就到此為止吧，我們之後有的是時間。」

「真的嗎？」莉莉低語，雙腿纏上王子腰間，可王子輕柔將她推至一旁，果斷套上長褲長袍，頭也不回推門離去，徒留莉莉滿臉失落，癱倒在圍上布紗的柔軟床褥之中。

她並不討厭這位王子，記得沒錯，應該是落在永遠輪不到繼承王位的地方吧，即便莉莉稱不上完全的人類，但在服侍過國王及眾多皇子王臣之後，她更加堅信性癖好與人格有絕對的關聯性，扣除王子完事後絕情的一面，莉莉其實對他抱有相當程度的好感。

因此當她再度被拋下，只得將不滿發洩在無辜的鬼鴞身上。

「煩死了，又是什麼事啊？」最近這些時日她已收到許多鬼鴞帶來的信息，大多是她那專門收集血液、又極愛操心姐姐捎來的，包括新任魔女繼承儀式、終於聯繫上流浪的姊妹、戰爭爆發等……所有她不想知道，也沒興趣知道的事情，都讓鬼鴞給帶來了。

只見她薄紗半掩，妖嬈挺起腰桿，柔軟身姿如貓，緩步走至窗台，略為無奈地解開鬼鴞腳上粗劣紙張，這次不是姐姐，是妹妹。

「我們最後會抵達王城。」

紙條角落署名莉莉絲，她將紙條揉成團，一口吞入腹中，接著反手撥弄鬼鴞柔軟羽翅，催促牠離開窗沿。

莉莉不清楚要如何讓不死者們在旭日東昇後繼續移動，這從來都不是她需要學習與理解的，她的職責是進到王城中，馴服所有男人與女人，她在腦中稍微算了算，扣除沒有利用價值的士兵與熱愛說三道四的八婆們，還剩下一些值得征服的獵物，她舔舔唇面，優雅捧起桌上水杯。

她知道離王城覆滅還有段時日，得抓緊時機享受控制

與被控制時的歡愉，遠處鐘塔敲響了十一下，披上國王贈與的絲質睡袍，手抓鑲滿寶石的梳子，她在鏡台前梳理凌亂髮絲，或許該去浴池好好洗淨身子了。

洗完之後，夜還長著呢。

莉莉絲的請求

「你們除了答應，也沒有其他的選擇了。」

雷朋雙眼直盯身材嬌小的年輕魔女，漬著汗液的掌心微微顫抖。約莫一刻鐘前，魔女出現在大帳門前，大多數人不認得她，可哭泣的人停止泣涕、疼痛的人忘記了呻吟、而忙碌的人紛紛呆愣原地，如布滿青苔的破舊石像。

他們能聽見持續盪繞的哀戚咒文詠唱，也知道徒留屍塊殘骸的戰場有所動靜，然而傷者眾多，僧侶們逃避似的更加專注在傷口處理與病患照護之上，直到魔女到臨，帳內所有人才不得不抬起頭來，內心禱念白鷺神，面對萬惡的恐懼之源。

雷朋身處最接近戰場的第一個大帳內，他不清楚剩下五個帳篷有沒有遇到和他們一樣的情況，然而四周寂靜如墳，彷彿不容許任何一絲呼息，魔女衣衫單薄，並沒有攜帶武器，赤裸纖足異常潔淨，輕踏在浸染血汙的泥土地上。

「我是莉莉絲，是來請求你們的。」魔女是這麼說的。

另外幾帳同時傳來相似嗓音，帳外窸窣躁動，幾近滿溢的大屍體坑發出陣陣低吼，肢體交雜推擠蠕動聲不絕，雷朋壓抑情緒，悄悄摸向藏在袍內的短刀，平時用來割開傷患衣物，以偉大的白鷺神之名，危急之時說不定可以……

「希望各位不要輕舉妄動，那些曾經是你們夥伴或敵人的死者，皆已效忠使役於我，而我只為幾事相求，希望各位能發自內心答應我。」

無人應答。裝著聖能的長罐隨簡易矮桌微微震動，彷彿拒絕抵抗邪穢，雷朋仍然能順暢呼息，但後背浸滿汗液，毫無防備的年輕魔女緩步向前，眼中透出自信，絲毫不擔心自身安危。

「第一，提供帳棚及衣物，在日頭升起後，夜幕低垂前，庇護我身後的夥伴。」

「憑什麼要我們幫助你們這些來自暗處的邪惡怪物！我們可是聖……」

帳內維持光亮的聖能忽地消逝，便隨即恢復光明，然而僅僅一瞬之間，大帳門口便盤踞蠕動數條臂膀大的魔怪觸手，原先撕聲反對的僧侶緊閉雙唇，咕嚕嚕吞嚥唾沫，魔女乾瘦右臂如枝微抬，她並沒有使用魔法，但帳中氣氛凝重，隨時都會有人被壓垮。

雷朋緊握短刀的手在此時慢慢鬆開，無力地盪回腿邊，他還年輕，他不想要賭上自己性命去做注定失敗的拚搏，如此抉擇已辜負白鷺神的期待，可除盡黑暗是不可能的了，即便這是身為聖城僧侶所不該產生的想法，但他還是不由自主地如此認為。

「第二，我們的目的地是高塔小鎮，路上還請各位多多關照。最後，關於我的請求，你們除了答應，也沒有其他的選擇了。」

血液蒐集者莉莉

高塔裡的男人死了，一頭撞在鐵窗之上，待送餐士兵發現後，大多數鎮民才猛然憶起，每晚燭光閃爍的塔頂還有這樣一個人存在。

可惜眾人隨即被另一件事引開注意，不懼怕陽光的巫女來了，她自稱是研究血液的莉莉，掛著燦爛微笑，長袍素淨，渾身上下散發溫暖氣息，絲毫不像過去人們口中的邪惡之女。

「惡夢將至。」然而她這麼說著，胸前玻璃瓶吊飾汙血晃蕩，她希望鎮上的居民提供一些新鮮血液，好度過接下來可能會發生的危險。有些人相信了，自發性地走向前去排隊，可有些人並不領情，轉頭離開廣場或大聲叫囂，要魔女滾出城鎮。

至於茫然與無法抉擇的，紛紛將眼神投射在年邁鎮長身上，鎮長沒有多說什麼，轉身就走，彷彿眼前鬧劇般的情形沒有資格進到他的雙眼之中，畢竟他還必須想辦法處理塔上男人的爛攤。

接下來幾天，無論陰雨如何寒冷刺骨，莉莉總是立在廣場之中，懇求路過鎮民奉獻一些血液，她說再過不久會有從死亡邊界而至的大軍，奉獻鮮血能躲過劫難，她又說這是門票，是劫難後再度重生的憑證，於是耳根軟的捲起髒汙袖管，忍受短暫蟲咬般刺痛，在莉莉的木製小車上堆起如小山丘般的血罐塔。

而自戰場歸來的軍隊在第七天夜裡抵達城鎮門口，領軍的是衣衫單薄的年輕女子，鮮白雙足絲毫看不出歷經長途跋涉，近百位聖城僧侶跟隨在後，罩袍高聳腫脹，彷彿塞滿肉瘤，再之後，是五六頂已摺疊收起、扛在眾士兵肩上的大帳，帳下之人皆缺肢斷足、周身腐爛插滿箭矢、毫無半點生息。

「妹妹……以及姐姐，妳們終於到了。」莉莉肩棲鬼鴞，微微頷首，盯著自己並不十分熟識的新任魔女，以及蹲坐大帳之上、負責監控高塔卻跑進巨大樹叢中的姐姐。

「孩子們餓了。」

「請跟我來，補給已準備充足。」

軍隊隨莉莉絲的腳步再次緩慢移動，平時熱鬧的主要街道此時皆緊掩門窗，酒吧街鴉雀無聲，拉客的男人女人與流浪貓狗亦消失無蹤，而汙臭雨水自天空傾盆落下。

廣場上是數百罐堆疊而起的人類血液，莉莉能嗅到聖城僧侶身上的恐懼及死屍軍團滿是屍臭的興奮，而矗立在城鎮另一頭的高塔悄然無光，隱沒在風雨之中。

她知道有什麼確確實實改變了，且終會席捲整片沃爾瓦大陸。

魔眼射手

峽谷教堂的聖職人員全都死了，刻滿詛咒的箭矢貫胸，死在雕著偉大白鷺神的高牆下。

小城區的布林兄弟與艾平登，以及同樣來自小城區的戴爾琳老師，也遭相同方法殘忍殺害，恐懼不安與悲傷在深谷村落中蔓延騷動，沒有人知道是誰如此泯滅人性，能在五日內連殺九人，並且箭無虛發、全都一箭斃命。

經營布莊的布林兄弟平時都是豪邁的好人，峽谷中的布匹生意由他們倆一手包辦，從沒出過什麼大紕漏；艾平登是個可憐的老實人，自從十多年前妻子帶著被詛咒的小孩離開他後，便一厥不振、渾渾噩噩，即便他當時強硬驅逐的作法是對的，在教堂聖僧與所有村民皆如此認同的情況下，那孩子根本不該存在於世界上；而戴爾琳老師負責教育整個小城區的孩童，她一死，學校可能得關閉好一陣子了。至於殺害為白鷺神服務的大人們，如此的褻瀆行徑，更是令人難以相信與承受。

另外，最近村裡也有奇怪的事情發生，佇立懸崖邊望夫岩變成了兩人相擁的模樣，等待無數歲月的女人終於得到了幸福，觀賞人潮反而一落千丈，有人見到身披灰黑斗篷的外地女孩摸黑上山——

「母親，我已經為我們報仇了。」

不規則大石半埋，鑿上女性名字與祝禱，艾羅雙膝跪地，將剛摘採下的野花供在碑前，他的一隻眼珠藍綠如蒼翠時節的平靜湖面，另一隻則如漆黑谷底般深邃無盡，試圖將所有光亮吞噬殆盡。

「教堂裡的人我殺光了，他們是一切的元兇，是他們逼我們離開村莊，辛苦熬到今日。布林兄弟與戴爾琳老師也是，他們傷害了我們，害我們不敢面對自己，害我們總是在夜裡因自卑與不幸而哭泣。還有，爸也死了。我不祈求您的原諒，因為您總是不認為我的作法是正確的，但我需要這樣做，才能真正擺脫過去的自己，那個被詛咒的自己。即便沾染了一些惡人的汙血，我也不會後悔。」

沒有流淚。他在沉默半晌後，緩慢起身，筒中箭矢匡噹作響，太陽尚未盡落山頭，艾羅緊握著長弓，朝更高處爬去，或許該獵點東西填飽肚子，再動身離開生活了十數年的村落邊陲。

然後展開新生活。

菲登

風聲呼嘯低鳴轟隆。

凱莎一手緊抓菲登背上豐羽，一手死命壓住飛散亂髮中的黑白相間呢絨帽，冷風不曾間斷，灌進破爛布料與葉片織成的遮蔽衣物裡，沖得她頭昏腦脹，但她仍亂吼亂叫如興奮小猴，畢竟空氣即便冰冷，卻充溢自由。

無需擔心隱藏在錯節樹根下的魔物，無需忍受任何人的關切與指責，無需思考下一餐與下一晚該睡在何處，無需顧慮拌雜鐵鏽腥味的黑煙升起擴散繚繞樹頂，菲登也高聲鳴叫了起來，與凱莎一搭一唱，在高空中自在飛翔。

這是她第一次打從心底感到快樂，比當初翹家時參雜興奮的竊喜更為張狂燦爛，有那麼一瞬間，她甚至忘記了曾有巨大樹叢這樣的地方，也忘記了青梅竹馬的死與自己的執著。

眼角因強風吹襲流出油液，割開雙頰髒汙後隨風拋向後頭，下方玩具般的丘陵城鎮與遠處的雲都模糊成一片，即便不確定接下來該往哪裡去，凱莎與菲登也一點都不在意。

「菲登！再高一點！看能不能碰到那片雲！」

「菲——登登登登——」

翻滾、上升、左右晃蕩、再上升，菲登乘著風，雙翅奮力鼓動，朝看似伸手可及卻意外遙遠的雲朵飛去，這比平時還費勁許多，畢竟牠鮮少離開巨大樹叢，背上還載著雖不重卻仍有些影響靈活度的小女孩。

並非對凱莎言聽計從，這些日子相處下來，菲登似乎也開始有點依賴對方，一起完成某種目標，聽起來還不錯對吧？於是牠更加賣力拍打翅膀，想要達成小女孩的心願，也達成自己的——

咻。

噗啦。

幾滴深紅刺進凱莎眼中，緊捉毛羽的手使她無法即時揉去那過腥的顏色，身下的菲登忽地抖動全身，在碰觸雲朵的前一刻猛然下墜。

呢絨帽飛走了，伴隨菲登淒厲哀鳴，凱莎除了俯身趴在透血的背脊上，任憑突出箭尖刮搔面頰，她不確定到底發生什麼事，一切忽然都變調了，陷入一片慌亂之中。

然後下墜、下墜、下墜。

夜訪之人

薇朵已許久未品嘗過一覺到天明的美好滋味，彷彿斷斷續續的淺短睡眠才是常態，時間總在夜裡加重力道，鑿在眼窩裡、額頭上、甚至穿透鬆垮皮膚，刻進日益彎曲變形的脊椎之中。

王城並不平靜，即便是處於城牆邊陲的貧民區亦是如此，自從王國軍敗退的消息傳回之後，城中人心惶惶，許多世代久居的住民開始收拾家當，打算逃往連自己也不確定位置的偏僻荒原，官員不分日夜站在廣場高台上聲嘶力竭大聲疾呼，希望所有人冷靜下來，魔女只是僥倖贏得勝利，白鷺神終會站在正義的一方，消除邪惡與黑暗。

國王依舊沒有現身，反倒是沒有資格繼承王位的年輕王子在城中四處奔波，安撫驚慌失措的百姓，打擊藉機犯罪的不法分子，以及重新整頓王國軍，隨時準備應付魔女與不死者們的侵擾。

可這都不是最核心的癥結，薇朵清楚明白失眠與焦慮來自何處，自從她揉爛兒子手中遺書，將他連同那把破鐵劍掃出破舊木門時，她便做好被奪去一切的覺悟，只是壞消息來的太快，她甚至還沒將兒子那窄小房間的灰塵給澈底清理乾淨！她有好幾夜無法成眠，銀白自髮根迅速蔓延而上，像浸入油漆的乾草，驚醒也不再只是一次兩次，而是頻繁的沒有間斷的密集湧入她的夜晚。

於是她索性不睡使用多年的硬床板，開始習慣枯坐在屋裡兩張矮凳的其中一張，手拄缺角圓桌，像棵歷經風霜的老樹佝僂，甚至連門被由外而內推開，也只是吊起雙眼、無神望著披著斗篷的來訪之人。

「我知道您是失去兒子的悲傷母親。」

對方聲細如貓，甜膩卻又混和不相稱的威嚴，緩緩揭下蓋頭的布料之後，是令薇朵難以正常呼息的美豔，像賦予了生命的白玉雕像，精細不似凡間之物，在黑暗中微微透光。

「妳是……？」

女子揚起嘴角溫柔一笑，跨步來到薇朵面前，接著伸出雙臂，輕輕捧起她的凹陷雙頰，

「他會回來的。」

薇朵的淚水情不自禁湧出，像小溪一般流過女子光滑手背，她不確定自己發生了什麼事，但背脊雙肩一陣輕鬆，彷彿所背負的沉重與恐懼忽然蒸發消散殆盡，而救贖卻意外來自

眼前的陌生女子，女子接著俯身，唇瓣印上她滿布皺褶的額。

「死亡不會是終點，他會回來的。」

魔女的講稿

人海躁動，左側是原高塔小鎮的居民，右側則是復活者們，彼此之間隔著條無人想跨越的通道，直直延伸至廣場上的講台，魔女莉莉絲已等候多時，罩袍遮去大部分面龐，只露出雙難以捉摸的慧黠雙眼。

魔女清清喉頭彷如測試，沒有揚聲器，聲音卻能清楚鑽入每個人的耳道之中，只見她緩緩揭下面紗，朱紅雙唇微啟，開始吐出字句。

「世界的秩序正在崩解。

各位高塔小鎮居民，以及巨大樹叢的死者們，我是魔女莉莉絲。

身為黑暗勢力的領導者，身為魔女稱號的繼承人，我的存在總是令所有這片土地上的生物感到惶恐，橫跨界線，既生亦死，這是諸位從未能瞭解之事。如您所見，我的母親是上一任帶來恐懼、在夜裡恣意遊走、讓諸位能嚇唬小孩趕緊上床睡覺的魔女，我的父親，則是高塔中的可憐男人。

身為魔女的繼承者，應該要澈底擁抱黑暗，並讓這世界轉化成亡靈飄盪的國度，這是代表死亡的黑鱷神賦予給我的天職，混亂、絕望、陰沉、深不見底、渺無希望……將所有事物破壞殆盡，只有如此，才有資格站在光明的對立面，使我身後長著鱷魚腦袋的巨大死神撐開混濁雙眼，怒視永遠純淨神聖的白鷺神。

可是，身為半個人類，我能感受到生物們的痛苦與懼怕，即便毀滅帶來新生，大多數生者仍出於本能的逃避死亡、畏懼死亡、想盡辦法遠離死亡。殺戮與破壞真的能帶來我所希冀的事物嗎？還是只是無盡的輪迴？

這困擾了我許久，我必須在一步步毀滅世界的同時，處理內心不時浮現的焦躁不安，因為我是魔女，也是人類……請別質疑我，沒有什麼是能夠絕對處於極端的，有試圖保護同伴的魔物，也有面帶笑容的神聖壞蛋，難不成在白鷺神眷顧的這塊大陸上，所有人都是發自內心感到富足與幸福，沒有欺凌與暴力、貪汙與腐敗，一切美好如夢？一切甘甜如糖？

這是不可能的。相信我，這是不可能的。

因此，我把那些窩居幽暗之處的都一併帶來這個鎮上了，魔怪觸手搭起遮蓋日頭的遮棚，擴建屋舍城牆，亡者夜裡守望巡邏，墓園不再沉睡漸漸被遺忘的人們，生者與死者相聚，既生亦死，既死亦生。

說到這裡，我想你們還是無法真正理解，但事實仍在持續發生。

世界的秩序正在崩解。

是的。

身為魔女的我不會停手，我們會建立墮落之城，並命名為，戴普凡緹。」

教宗大人之死

聖城錫奎的八扇大門同時緩緩開啟，擴音器管線裡聖能迅速流動，即便斷斷續續，時不時有雜音干擾，仍不間斷播送教宗連續頒布的全新政策。

「城外貧民窟的居民可自由進出聖城與選擇居所」、「廢除分隔制度，城外之人也可從事教職與神職」、「廢除諸如祈福稅、奉獻稅與安葬稅等稅收」、「開設新學校」、「頒布教堂安置年長者及孩童的新制度」、「擴建城池與道路」、「規劃建設新屋舍供所有人居住」……

以及最令人震驚的——免除異教徒之罪，大赦異教徒監獄，並允許聖城之內出現異教之信仰中心與一切相關之物。

這絕對是東方王國百年來最重要的大事之一，從未有人想過信仰堅定且嚴格的教宗大人會做出如此決定，在白鷺神的羽翼之下，鼓吹異教徒的行為舉止。

騷動在潔白的高牆內外蔓延，將一生奉獻給白鷺神的神職人員集結在廣場上大聲痛批教宗的決定是無可挽回的墮落，而幾步之遙，另一群人高聲歡呼，感謝平原精靈與萬物之母的祝福，開始有居民離開城市，同時也有群眾攜家帶眷自鄰近小鎮而來，犯罪率稍稍提升，流動攤販四起，同一時間，觀光客與各式宗教的信徒開始進到聖城之中遊覽、甚至打算長久居留，建設自己的祭壇與寺廟，前往巨大樹叢戰場的僧侶遲遲沒有消息，不遠處高塔小鎮則充溢死亡氣息，構築高聳漆黑的城牆。

聖城錫奎不復以往莊嚴，所有一切都混亂不已，空氣中卻又瀰漫著異樣的歡欣氣氛，彷彿掙開生鏽已久的束縛，再次呼息新鮮氧氣。

沒有人能確定在那段時間城內出生了多少不同種族與信仰的孩子、發生多少次暴動騷亂、有多少人因此而死去、又有多少人因此重獲新生，而所有紛擾，都在幾月後奇蹟似歸復平靜。

第三任教宗伊摩包爾撒手人寰成了更令人震驚的消息，貼身侍從雷西斯特遭守衛逮捕，以謀殺罪名起訴，並宣告在十日之後公開行刑。許多居民懷疑諸多政策是他所偽造發布，但覆水已難收，聖城錫奎已迅速成為各式宗教信仰匯聚之地，商旅來往川流，規模與繁榮程度甚至逐漸超越王城與南方大港尼爾。

或許再過幾年，聖城終將被世人遺忘，並以信仰之城來稱呼也說不定。

棲身之處

辛可在施工中的牆垣邊上發現一頂呢絨帽，黑白相間，沾染汙漬與血跡。

他的手不夠長也不夠有力，搆不著搖搖欲墜的帽子，感官退化、時有腐臭飄出卻不自覺、力氣減弱、畏懼日光……自從復活之後，辛可便被諸多後遺症困擾著，魔女莉莉絲與她的姊妹曾打算從各地聘請擅長修復與治療的魔法師，前來戴普凡緹替有相同困擾的復活者們診療，可惜病患眾多，願意前來的魔法師相對稀少，總無法好好治癒每一位此地的新住民。

「嘿兄弟！你的嗎？」牆的另一側探出半顆腦袋，嚴格說起來確實只剩半顆，眼前壯漢露出巨大微笑，延伸至臉部殘缺的那側，看似脆弱的腦部組織微微蠕動，像落葉下的蟲。辛可認得他，全名叫歐普提森，但大家都只稱呼他為提森，他也不甚在意，每天笑嘻嘻在工地忙碌。

「呃……不算是。」

「喔喔？」

「從天上飄下來的，我有看到。」

聲音自另一邊傳來，兩人轉頭一看，是木棍維斯，除了主要軀幹與頭部，其餘皆由木製義肢組成，戰爭的後遺症，原先的手腳已不知去向，魔女幫他裝上義肢是不得不如此的辦法。

「所以不是這個兄弟的？」

「不是。不過是他先發現的。」

「我還是可以幫忙撿。」

「當然，但是該歸誰的？」

提森與木棍維斯不知怎的熱絡討論起黑白呢絨帽的處理方式，辛可看了看提森，又看看維斯，忽地發現自己插不上話，卻又不好意思默默離開，只好像鐘擺般左右晃腦，假裝傾聽，接著進入自己的世界。

這他很擅長，還是王國軍的一員時，神遊是最好消磨時間的方法，思考人為何而活、又為何會降生到這世界上、如何形塑成現在的模樣……諸如此類，往往還沒得出解答，大多數繁複無意義的例行公事便已結束，長久下來，倒也成了習慣，改也改不掉。

於是他開始思考如果靈魂存在，是貯存於人體的哪個部位。他以前覺得是在腦袋瓜裡，可是看到消失半顆腦袋卻還精神奕奕的提森後，又有些動搖，難不成他有一半的靈魂像狗的舌頭，在空氣中晃來晃去？木棍維斯也證明了靈魂不是存在於四肢之中，所以是在內臟裡頭嗎？或許不一定是肉體，只要是實體的東西，就能附著靈魂？

還是因為曾經死過一次，所以變得和以前不太一樣？

辛可其實對自己復活的過程一無所知，他只記得自己在劇痛中失去意識，再度醒來時已夜幕低垂，與其他同伴身處巨大樹叢前的戰場的沙土上，拖著腳步、跟著歌聲前進，再來便是來到高塔小鎮，成為建造城鎮的建築工人。

雖然過去身分是為王國軍士兵，但他並沒有特別憎恨魔女以及害他死去的觸手魔怪，辛可說不太上這種感覺，似乎在死亡面前，怎樣的深仇血恨都不怎麼重要了，而魔女莉莉絲也承諾所有人，在戴普凡緹的建設完成後，一起回去家鄉與王城，和家人朋友團聚。

幾乎所有復活者都選擇留下，辛可沒有多想，欣然接受這樣的提議。

「兄弟！這帽子還是歸你好了！我沒有腦袋，沒辦法戴！」

「嗯？」辛可嚇了一跳，趕緊將意識拉回現實之中。

「也是你先發現的，就交給你保管了。」

「……好。」

「嘿咻！大夥繼續上工啦！加油！」

山隙凹地

「為什麼！你為什麼……」

拳頭一下又一下捶打在男孩胸膛上，衣衫襤褸的女孩不停哭泣，旅行者莉莉站在遠處窺看，巨大林鳥奄奄一息攤在水塘旁，像座小山。

日輪即將落入遠方山後，這裡並不適合夜宿，雖然靠近水源，但夜裡野獸眾多，多少有安全疑慮。女孩仍在哭泣，手抓長弓的男孩動也不敢動，背上箭桶微微發著亮光，那是纏上微弱魔法的徵象，莉莉稍稍瞇起眼，男孩雙瞳異色，一隻藍綠得不可思議，像寶石吊飾，另一隻則漆黑無底，過濾所有亮光。

看來是個不受眷顧的孩子。莉莉如此想著，稍微思考了一會，踏開步伐，穿過重重雜草，來到兩人一鳥面前。

男孩年紀比想像中還大一些，稍顯遲疑但仍沒有其他動作，女孩低著頭掩面哭泣，散發多日疏於盥洗的臭味，莉莉仔細打量好一番，才微啟乾裂雙唇。

「需要幫助吧？」

除啜泣之外沒有回應。莉莉沒多說什麼，繞過地上女孩，伸手撫觸慢慢失去溫度的大鳥。

若是以前，莉莉是絕不會出手相助的，這並非她的工作內容，情感糾葛也是她所無法理解的頭痛難題，可自從經歷過魔法石像相擁而泣的事件之後，她慢慢有些改變，暗自下了決定，只要有機會，便去試試看，或許能夠多加了解所謂的愛恨情仇，以及更多複雜的情感。

「你們叫什麼名字？」

「艾羅。」

男孩終於開口說話，莉莉微微扭頭，朝女孩點了點，但艾羅面有難色，支支吾吾。

「……我，我不知道。」

「妳叫什麼名字？」

「……」

女孩聳起肩，一語不發，臉上像罩了層灰紗，幾條乾涸的血痕橫過面頰，直到莉莉發現大鳥背脊露出一小截箭尖，和艾羅背上的形式相仿，她才明白為何女孩眼中燃燒怒火，拒絕吐出一字一句。

也難怪艾羅不知曉對方名字。

「沒關係。太陽快要下山了，待在這裡不安全，要往更高一點的地方移動。」

「可是……」

「我是魔女莉莉。」

話語自雙唇流瀉同時，莉莉聽見眼前兩人倒抽口氣，眼神迅速轉為不安，艾羅指節使力，長弓在掌中左右滾動，女孩則挪動臀部，隨時準備起身，卻又不放心大鳥屍體，緊緊抓握牠的蓬鬆羽毛。

「我負責四處旅行，蒐集各種關於魔法與死亡之物，紀錄故事，同時，」莉莉抿抿嘴，停頓了一會，似乎在斟酌用詞——「也幫助需要幫助的人。」

「我不需要幫助！」

女孩終於開口，亂髮披垂，緊緊護住身旁巨鳥，像發現寶藏的山中野人，雙眸充滿警戒。莉莉嘆了口氣，轉身遠離女孩與鳥，示意艾羅跟上。

「要站多久？走了。」

「可是我射殺……」

「前面那塊空地清乾淨可以生火，去找乾樹枝，我們晚上在這裡過夜。」

聖愚

「你們會遭天譴！哈哈，你們都會遭天譴！」

寫著處刑時間的傳單漫天飛舞，聖福里許腳上鏽蝕已久的鐵銬噹噹作響，他光著身子，對著發送傳單以及剛做完晨間禱告的聖城僧侶們大吼大叫。

若是發生在前些日子，眾人必會停下動作，甚至雙膝跪地，靜靜聆聽聖福里許的荒唐舉動與發言，他是聖愚，近乎癲狂卻也是能濾除雜念、最接近真理的存在，但聖城已不復以往，蛇神教徒身旁站著一群大地母神的崇拜者；來自南方的海神信徒吧唧吧唧啃著魚乾，分給身後大推車上的雜耍家族，滿車瓶瓶罐罐刻滿奇異文字；無神論者和天罰預言者各自高舉布條，在廣場斜對角用力揮舞；許許多多目光集中到渾身汙穢的瘋狂之人身上，但幾秒鐘後，時間再度運轉，除了聖城僧侶，沒有其他人搭理。

「噢！我親愛的聖福里許！您這話是什麼意思？」帶頭祝禱的中年男子待騷動漸緩後才終於開口，雙手前引，大大踏出一步。

「這個！」即便乾瘦如柴，薄薄皮膚下的肋骨根根明顯，老人仍使勁甩著過長的蓬亂白鬚，箭步向前，將手中傳單粗魯攤在中年男子面前。

「這怎麼了嗎？」

「不能這樣做啊！會遭天譴啊！」

「天譴？白鷺神保佑，此人乃毒殺教宗大人、窮凶惡極之罪人，根據聖城律法與白鷺神嫉惡如仇的精神，貫胸之刑已是最仁慈的懲罰了！」

聖福里許愣了一下，凹陷眼窩中的微光卻彷彿閃爍了好幾世紀，他忽地大喝一聲，嚇得微胖中年男子跌坐在地，廣場上眾人目光再度被拉回這群人的身上。

「哈！哈哈！歐普尼！你的心中沒有白鷺神！」

「你……聖福里許，不要胡言亂語！請你好好解釋你所說的話！」

「所有人認為對的時候，那也是錯的時候，所有人認為錯的時候，那也是對的時候……代表光明的白鷺神必定嫉惡如仇？白鷺神不是嫉惡如仇，是永遠仁慈啊！沒有對錯！永遠仁慈！但是歐普尼你的心中沒有神，沒有神！神在你心裡已經死了，像萎縮的吸血水蛭，你是律法的奴僕，是邪惡，你沒有資格使用白鷺神的名字說話！」聖福里許一口氣吼完繞口令似的語句，唾沫飛漸滴落在歐普尼的白衣上，他滿臉嫌惡，趕忙用袖口擦去，迅速後退起身。

「聖福里許，這裡已經不是過去純粹的聖城，即便我們原諒了可惡的兇手，許多進到這裡的異教徒也認為殺人就該償命，不分你我，這是作為人所該遵循的道理，是不爭的事實，你漸漸死去的眼珠要好好看清楚啊！這裡不再是代表俗世的教宗大人或偶爾代表真理的你說了算的地方，你們的時代已經結束了啊！」

「不，你不懂！你不懂！白鷺神永遠慈愛、不分你我、沒有對錯，與異教徒無干！也跟俗不俗世無關！這是白鷺神的教誨，歐普尼，白鷺神啊！你連白鷺神的教誨都膽敢質疑了嗎？」

「當然有關係，三日後的公開行刑，所有人都會來到這個廣場，見證邪惡死去消逝。我再重申一次，聖城已經不一樣了，你的時代已過去，你就算比我們更接近白鷺神，也不代表你是對的。」

「不不不不不不不，歐普尼你不懂……」彷彿放棄抵抗，聖福里許垂下雙臂，扔掉手中捏得稀巴爛的傳單，不停唸唸有詞，甩頭離開堅持己見的歐普尼面前。

眾人錯愕。

異教徒們發現事件落幕，再次將注意力放回自己手邊，而聖城僧侶面面相覷，這是他們第一次見到聖福里許放棄為白鷺神爭辯，也是第一次見到時而瘋癲、時而嚴謹的聖福里許失望的模樣，數十年來唯一一次。

雷朋

雷朋從未想過，自己會有這樣的一天，將白鷺神祝福過的匕首，架在看似無縛雞之力的女人頸上。

他是聖城錫奎的年輕僧侶，在正式侍奉白鷺神之前，便受教宗大人之命，前往戰場後方支援，沒想到戰爭結束之後，與其他近百位僧侶一起被迫來到迅速建設中的墮落之城戴普凡緹，除了專為他們而設的區域，哪也不能去。

然而今天早上，居住在另一棟房舍的四五十位僧侶們全消失了，無聲無息，毫無預兆。因此他不顧眾人反對，假意捐獻血液，實則試圖以兵刃相逼。

他曾對著白鷺神起誓，在有生之年絕不傷人，但他同時也知道，必須做出什麼行動，才能釐清事情真相，避免自己成為下一個受害者——這很自私，是聖城僧侶所不該擁有的恐懼與慌亂所促成的，正如其他僧侶所說，你還年輕，別因衝動誤事，這是白鷺神降下的考驗，必須以虔敬的心來領受與克服，但雷朋總無法真正平復心情，自那天夜裡在大帳中見過魔女莉莉絲之後，恐懼便時時刻刻環抱著他。

「你是來殺我的嗎？」莉莉坐在椅上，木桌翻倒，設備紙張散亂一地，在為捐獻血液而蓋的屋舍之中，莉莉看不到身後雷朋的表情，但能感覺到冰冷利刃，以及急速跳動的脈搏與紊亂氣息。

幾分鐘前屋內的平靜急轉直下，朝混亂迅速邁進。

「我不想殺妳，其他人去哪了？」

「還以為終於有聖城僧侶明白莉莉絲的意思，願意貢獻一些心力，害我剛剛高興了一下啊。」

懷中的魔女嗓音如絲，溫柔得不可思議，雷朋知道這都是邪惡的假象，他在心中默念許多次白鷺神的聖名，祈求祝福與原諒，刀鋒在莉莉頸上留下幾道血痕。

「其他人去哪裡了？我真的會割開妳的頸動……」

「告訴你之後，你就會罷手了嗎？還是你不惜打破白鷺神的戒律，打算一路殺到莉莉絲妹妹那裡？要成為拯救其他僧侶的英雄，成為白鷺神羽翼下的罪人，或是再次剝奪復活者們活著的權利，只為了自己的教義？」

「我……」

雷朋一時語塞，他並沒有想這麼多，而莉莉緩緩說著，眼神柔和。

「這次姑且算我們的不對吧！畢竟要完成遠大的目標，勢必會犧牲一些東西，只是，殺死原本就是死的人，並沒有任何意義，但對於同時身為生者與白鷺神的服膺者的你，我讚賞你的勇氣。」

莉莉邊說邊動作，十指輕巧纏上雷朋手腕，他的皮膚炙熱如燒灼木炭，滲出汗液，但仍緊扣匕首握柄，絲毫不敢放鬆。

「其他留下來的僧侶也反對你這麼做吧？你也沒有細想過如果此舉不成功，會發生什麼事吧？」

「……」

「我可以告訴你，他們目前沒有任何危險，跟莉莉絲妹妹一同往聖城出發了。」

「聖城？」雷朋驚呼，這是他未曾意料的事態發展。

「留下來的是俘虜，前去聖城執行任務並不需要這麼多人。」

莉莉仰面，朝著雷朋吹了口粉紅色的濃厚氣息，雷朋嚇得向後彈身，撞在堆滿瓶罐的木架上，霎時玻璃碎裂，汙血四液，濺染整個房間。

「真糟糕，這是可要供應給復活者的。」

「妳在搞什麼把戲？別過來！我會奉白鷺神之名砍殺妳！」

莉莉離開木椅，轉身，露出足以融化萬物的自信微笑，「在莉莉絲妹妹事成之前，你都只是俘虜喔——」

王子密令

莉莉沒有料到年輕王子會坐在自己房裡的床沿直至月輪低垂，等待她自貧民窟歸來。

夜裡探訪貧民窟、安撫王國軍家屬這件事，除貼身侍女外，她並未讓更多人知曉，雖然是妹妹透過鬼鴞傳信，希望她如此作為，但莉莉倒也樂在其中，人們依賴、瞬間填滿希望的眼神是她的動力來源，對她來說這也算是不同面向的支配，她為支配而生，為支配而活。

因此當莉莉見到年輕王子的瞬間，驚慌失措了一下，但旋即恢復冷靜，吻過無數男人女人的朱唇微揚。

「怎麼來了？」

「想見妳，有事要談。」

年輕王子的話不多，目光堅定。莉莉喜歡這種特質，國王的叨叨絮絮與其他人的阿諛諂媚她已聽夠多，煩不甚煩，眼前的男人雖偶有絕情一面，但近日公務忙碌之餘卻仍撥冗前來，使她略感欣慰，隨時可以用白皙肉體來滿足王子的任何索求。

「什麼事呢？」莉莉脫去斗篷，順著王子示意方向輕巧坐上床沿，冰冷指尖搔撓對方手背細毛，像隻貪玩的貓。

「為我生個孩子。」

「咦？」

她錯愕。這是進到王城中近半年來，不，是她自誕生於世之後，第一次有人對她提出這樣的要求。屍體與咒術組成的魔女並無法生兒育女，是亙古不變的道理，她想反駁，但忽然憶起這裡沒有人知道她的真實身分，包括所有侍女，包括國王，包括年輕王子。

「這不是請求。這是命令。」

「……」

王子傾身，右手扶起莉莉臉龐，溫柔印上一吻，接著迅速站立起身。

「以後別再讓父親，或別的男人接近了。」

「……」

「我會成為王城之主。我們的孩子，會是下一任的繼承者。」

語畢，王子頭也不回離開寢室，徒留她呆坐床邊，他並不打算徵得莉莉的同意，一切他說了算。

王者的風範？良久，莉莉皺眉苦笑，挪動腰臀至梳妝鏡前，放下如墨一般黑髮長瀑，細細端詳鏡中不會老去的容貌。生孩子嗎？她忽然驚覺自己有些陷落，不知不覺對人類產生了不該有的情感，真該死，但事情發生了又能怎麼辦呢？

抓起羽毛管蘸墨，這是她第一次主動寫信給身處墮落之城的妹妹，她需要幫助，文字語言之外、足以改變體質與命運的幫助。

來自南方的道格拉斯

從許久許久以前開始，南方便是孕育偉大魔法師之處，或許是緊鄰浩瀚無際、總是蒙上神祕濃霧的魔怪之海，間接影響了南方人們的體質，大港尼爾裡的每位居民或多或少都會一些簡單魔法，也或許是北方人更擅長狩獵與禱告，總是以白鷺神為依託，並將民間募資興建、沃爾瓦大陸上唯一一間魔法學院蓋在永遠找不到入口的山隙之中所致。

雖說擁有較多天賦，但並不保證南方的人們皆有機會成為偉大的魔法師，道格拉斯便是最活生生血淋淋的好例子，父親亡故之後，他撐起整個雜耍家族生計，即使年紀輕輕就因工作需求，將分裂與增生魔法練得如火純青，他仍舊只是個靠雜耍與販售炸章魚觸手討生活的小吃商人。

沒有人尊敬，沒有人崇拜，沒有人會更加在意的存在。

每日清早，道格拉斯總是第一個自帳篷中爬起，開始準備食材——在海神文字的環繞加持之下，讓住在甕中的章魚們分裂增生成足以滿足顧客胃袋的數量，並舉刀俐落分成無數小塊狀，母親負責油鍋，其餘五位弟妹則分別負責裝袋販售與雜耍招攬顧客。

正巧碰上聖城千百年來難得劇變，使偶然來到此地的他們生意蒸蒸日上，每日進到城裡的旅客與各式信仰的追隨者不可勝數，有一大半從沒見過章魚，他在心中盤算，存夠錢後要承租個小店鋪，乾脆永久住在聖城裡，不再回南方氤氳的海邊。

而今日的聖城更是被人們擠得水洩不通，到處充斥歡愉熱鬧氣氛，曾是白鷺神教宗貼身侍從的叛徒，將在幾個小時之後公開處刑，這幾日道格拉斯收到許多傳單，穿著純白罩衫的聖城僧侶四處宣揚，巴不得整座沃爾瓦大陸的人們都知曉這件事一般。

白鷺神何時如此嗜血與重視報復了？

在道格拉斯的模糊印象中，白鷺神和他南方的海神不同，沒有陰晴不定的個性，也從不散發人們無法理解的恐懼，而是代表聖潔與生命平等，前幾天在廣場上，似乎也有個老人與中年聖僧激烈辯論這件事，他稍稍歪了歪腦袋，無所謂，那是神自己要處理的問題，只要能多賺點錢，之後就能更輕鬆點，說不定能供自己的弟妹們上學——

至於要上怎樣的學校呢？雖說聖城的新政策開放各地的人們經營學校，但來自南方港邊的居民似乎不太多，海邊住久了，到陸地上總是難以習慣，和他們總是漂泊的性質不同。三妹的魔法天賦最近忽然開竅，是跟空間相關的魔法，說不定找個老師好好栽培之後，能成為下一個偉大魔法師，咦，有隻章魚從甕裡面逃走了，大弟快點去把牠抓回來！

也許要增加人手，好讓母親退休，賣了幾十年的章魚，就算不累也早就膩了，另一方面也可以幫忙照顧那幾個正要邁入叛逆期的孩子，二弟會怕章魚，就讓他去找自己有興趣的事情來做，四妹跟五弟還小，每天丟在攤子吸油煙對他們不好……啊！可惜這幾年忙忙碌碌，道格拉斯總是遇不到真正心儀的對象，甚至在真正認識女孩子之前，便先自我否定，將家庭擺在第一位。

誰想要跟一身家累的人在一起呢？

他低著頭心緒繁雜，一不小心又讓幾隻章魚跑了，連忙呼喚弟妹們來幫忙，先撐過今天，他想，今天結束之後休息一下，再好好規劃將來，一切都會更好的。

他這麼告訴自己。

各自的方向

「哈！哈哈！歡迎啊，天譴。」

聖福里許拄著破爛木條，孤身立在石橋中央，眼前是皮膚白皙如玉的魔女莉莉絲，在她身後，則是一群披著灰黑斗篷的聖城僧侶，頭頸低垂，不敢抬頭直視前方。

此處離聖城錫奎尚有一段距離，因地形與路徑較為複雜，且經過收屍人的住所與墳場，較不受旅人們的青睞，加上河岸周遭枯樹低矮，河中總混雜自聖城排放的大量汙水，惡臭逼人，城中居民戲稱這是條通往地獄的道路，一般百姓根本不會出現在此處，更何況是在日頭升起之前的漆黑夜裡。

「這是條好路線對吧？適合生活在暗處的人。」

「怎麼這樣說話呢？」莉莉絲從容撩下斗篷黑帽，微微亮光包覆周身，自正式接下魔女稱號後已過了好些時日，姐姐們的相助與近日節節勝利使她增添不少信心，談吐與行事也更加強烈大膽。

「我知道妳的意圖……」

橋上老人止不住笑意，佝僂身軀發出不相稱的巨大嘶啞，彷彿非得把肺臟給笑出體腔之外才甘心，有好幾位聖城僧侶忍不住顫抖，他們熟悉聖愚的瘋狂，也熟悉他的不按牌理出牌，更熟悉與他相處時的不知如何是好，他太過於接近白鷺神，與來自幽暗深淵的魔女一樣，超越人類的思考範疇。

「你能看到過去嗎？」

笑聲輒止。「不，但我能看到未來。」

「那樣是最好的。」

「不！我知道妳的意圖，這太冒險了，妳是帶來恐懼的黑鱷神使者，而我只是妄圖碰觸白鷺神的瘋子乞丐。」

「這樣就足夠了。」

「哈！我倒是認為……」

「白鷺神的壽命將至了吧？」

莉莉絲平靜吐出話語，周遭頓時安靜了下來，蟲鳴與風聲隱沒，徒留眾人喘息，聖福里許打直腰桿，收斂上揚嘴角，低著頭的僧侶們開始躁動，瀰漫恐懼與不安。

「噢！我該跟魔女打交道嗎？該跟來自渾沌與黑暗的魔女妥協嗎？」聖福里許喃喃自語，瘸著腿走近莉莉絲，莉莉絲亦踏出步伐，朝石橋走去。

「如果你看得到未來，就別浪費時間了。聖愚大人。」

「哈！哈哈哈哈！這時才用大人稱呼我嗎？別這樣啊，魔女大人。」

「你知道該怎麼做。在我身後的，都是見證人。」

「見證什麼？見證我們打算褻瀆神祇，見證我們做不該做的事情嗎？」

「當然。」莉莉絲笑了出來，「神是神，人是人。對神來說不該做的，對人來說不一定不該做。」

「跟妳的母親一樣瘋狂啊，還有，魔女不該說這種話。」

「魔女想做什麼就做什麼。」

聖福里許露出一口爛牙，將手中木條交給莉莉絲，「這可是我這一生中做過最瘋狂的事。」

「聖愚本身便是瘋狂的存在。以人的角度來看。」

「哈！」

「那邊就交給你了。」

「為了白鷺神。」

「嗯。」黑色氣流纏上木條，莉莉絲雙手猛然遞出，貫穿老人胸膛。

血漿四濺。魔女低下頭，在身後眾人驚慌顫抖之前低語，「為了所有人。」

行刑

什麼是對的？什麼又是錯的？

監禁在地牢裡的那十日，雷西斯特不停思索著這樣的問題。殺人是錯的，無庸置疑。殺害教宗是錯的，但殺害貪圖自身利益與只顧享樂的教宗卻是正確的。派出聖城僧侶解救王國軍傷患的決定當下是對的，但害他們全數被魔女俘虜，代表這樣做也是錯的。

間接促成高塔小鎮大興土木，建設成為墮落之城，這是個澈澈底底的錯誤。取消各種禁令，自由與富裕成了聖城的代名詞，目前看起來大概是正確的做法吧！但是假冒死去的教宗之名，以欺騙換來利益，於公於私都無法令人接受。

至於……

雷西斯特使勁敲打自己快速運轉的雜亂腦袋，他知道思考對錯於事無補，聖城法庭的草判決只是形式，他終究難逃一死，已經發生的事也不會有所改變——

千古罪人。

腦中浮現這樣的詞彙。雷西斯特跪倒在流淌排泄物與廚餘的髒亂岩石地上，開始禱唸白鷺神之名，出自習慣，也出自極欲懺悔的心，他忽然意識到自己因一時衝動鑄下大錯，或許根本不該試圖拯救王國軍士兵們的生命，甚至妄想改變聖城，失敗的決策與改革只會帶來混亂，而混亂從來不是白鷺神真心嚮往之事。

「雷西斯特大人，出來吧。時間到了。」

帶著長刀的守衛打斷雷西斯特的禱告，他低頭看著他，面色凝重，幾個禮拜前還是人人口中謙恭有禮的好長官，沒想到將在幾刻鐘後伏法，心中難免五味雜陳。雷希特斯瑟縮身子，「好，我這就來。」

腳鐐上的乾涸血痕再度遭嫣紅潤濕，金屬碰撞聲噹噹作響，雷希特斯在守衛的攙扶下起身，戴上麻布頭套，照理說窮凶惡極或犯下重大錯誤的死囚並無法享有此等待遇，但守衛知道沒有人會多說什麼，除了代表白鷺神的高階長老們。

通往刑場的路途並不遙遠，可是對雷西斯特來說，每一步都如同在燒紅木炭上行走，疼痛且炙熱難耐，汗珠自額頭與背脊滑落，自我懲罰般的多日禁食使他步履蹣跚搖晃，「快結束了。」他低語，雙手不住顫抖。

「是的，快結束了，請再撐著點。」

守衛在雷西斯特身邊鼓舞般說道，彷彿目的地不是刑場，而是帶給人們新生命的醫護所。他們緩慢經過一排又一排的兵士，跨過巨大鐵門，外頭耀眼烈日幾乎將雷西特斯的雙眼刺瞎，可他果斷抬起頭來，用力睜開雙目。

高台之下早擠滿群眾，手持長矛的劊子手們站在行刑台兩側，矛尖閃閃發光，頭頂上巨大白鷺雕像低垂長吻，彷彿垂憐，亦彷彿垂死。雷西斯特深吸口氣，抬起手來將麻布頭套摘除，他想再好好看看這座城，以及來自四面八方，這座城的全新人口組成。

「死囚雷西斯特，涉嫌謀殺教宗大人重罪，即刻處以長矛貫胸之刑。」銀邊白袍的中年男子高聲宣讀，台下忽地一陣騷動，雷西斯特挺起胸膛，雙膝跪地。

唰。

燃起濃煙

很多時候，莉莉搞不太懂擁有魔女頭銜的妹妹莉莉絲在想些什麼。

包括魔怪討伐戰爭時讓魔怪奧托以及所有兵士復活，綁架倖存的王國軍與聖城僧侶，甚至招搖似的大肆建設高塔小鎮，彷彿試圖走出黑夜與長年居住的陰暗之處，和位處光明的人們正面抗衡。

她的疑惑一直沒有得到解答。直到墮落之城戴普凡緹即將整建完成之際，莉莉絲再度提出新的要求——負責伙食與血液供應的姊姊留在城裡照應一切，莉莉帶著另一群人，到巨大樹叢為召喚做準備，莉莉絲本人則與五十多位聖僧俘虜，前往聖城錫奎。

她們在夜裡告別，朝不同方向前進。莉莉絲並沒有詳細解說她此行的目的，依照莉莉的性格，她大可選擇不聽從妹妹的指示，既然母親都能破壞魔女繼承千百年來的傳統，妹妹也因試圖爭取些什麼而開始恣意妄為，那她一走了之，過自己的生活應該也不會太過分吧？

可回頭想想，自己畢竟被莉莉絲復活過一次，雖在意料之中，於情於理總有些過意不去，加上那夜道別時望著妹妹遠去的身影，她忽然更加肯定了想看到結局的念頭，第三十四個女兒、半人類的魔女莉莉絲的結局，無論最後是好是壞，必要時再抽身也並不太遲。

「莉莉大人！還要多加點溼柴火嗎？」某個瘸著腿的大叔問道，莉莉點點頭，抬手示意他趕緊行動，縱身跳上較高的粗大枝椏。

「各位加快速度，把火升起來。」

「是！」

回應聲此起彼落，不出多久，陣陣白煙自巨大樹叢的根部各處湧起，莉莉爬上更高處，將背袋中的黑色粉末一把一把撒向空中。

彷彿魔術表演，白煙迅速膨脹爆裂，發出巨大轟隆聲，顏色轉為深沉且濃郁的黑，下白上黑，直衝樹梢，莉莉越撒越起勁，乾脆一口氣撕破背袋，將粉末全數拋撒而出。

下方的復活者們四處走避，深怕吸入過多濃煙，但莉莉毫不在意，呼與吸對她幾近裝飾用途的肺部意義不大，她站在煙霧之中，毛髮騰起，一片片淺黑深灰之中，她的目光穿過了層層樹影，聚焦在遠方平原上的純白城池。

城池在日光照射下閃閃發亮，甚至愈發刺眼，彷彿能量出自於片片石材而非幾百萬公里之外的炙熱球體，莉莉瞇起眼，她似乎有些明白妹妹打算幹些什麼狗屁倒灶的瘋狂爛事，還同時拉著所有人下水。

「嘖！」不祥與興奮之感同時自心中升起，莉莉彎下腰，對下方大聲吼道：「把其他的粉末都給我運上來！快！火再生多一點！」

「收到！」

冥河的黑鱷神

通往地獄的暗路幽微。聖福里許手中提燈光源微弱，冥河邊的渡船人正好打算換個新的，順勢塞進他懷裡，他問了路，沿著河岸走，渡船人說盡頭是黑鱷神的居所，生與死的交界之處。

一直走、一直走，滴水未沾，滴食未進。他早就習慣飢餓噬啃全身的感受，苦痛依舊存在，但比在地面上時削弱許多，腿也不瘸了，渾身輕飄飄，像尋無歸宿的遊魂。

「哈哈哈哈我現在的確是遊魂……」聖福里許邊笑邊停下腳步，朝著彷彿沒有邊際的陰冷河水大吼大叫，他不清楚陰間的時間流動是否與陽世相同，拖拖拉拉終會誤事，與其低頭猛走，不如試圖發出些聲音，看看能否召來黑鱷神的傾垂。

可在幾聲長音吶喊後，他又忽然對自己產生這樣的想法感到羞愧，身為白鷺神永遠的追隨者，即便將要面對的是站在反面立場的神祇，對方終究是神祇，過於渺小的人類無法進入祂看盡未來的雙眼，如同人們無法分辨每隻螻蟻的差別一般。

聖福里許嘆了口氣。莉莉絲那小毛孩的想法，他倒也不是不理解，終年躲在暗處的生物總是希望能真正挺立於陽光之下，逃離一出生便不得不面對的苦痛，而最快達成目的的做法，便是讓黑暗與光明正面抗衡，最好兩敗俱傷，如此便一勞永逸，沃爾瓦大陸上再無代表陽與陰的神祇，再無因此對立而產生的仇視，以及其他類似傷亡。

像頭小綿羊會有的天真想法，但聖福里許喜歡這樣的傢伙，為理想豁出去的人啊，千百年來從沒有魔女膽敢隻身闖入聖城錫奎，他甚至可以為這樣懷抱理想的傢伙犧牲性命，只為推她一把，畢竟這是不得不面對的環節，他無法看清事態發展的細節，可他能看見未來，看見黑鱷神的現身，以及白鷺神從死亡中重生。

冥燈的青綠火焰酷愛燃燒魂體，渡船人是這樣說的，聖福里許毫不猶豫撕下纏繞腰間的汙爛破布，將提燈使勁砸向自己胸膛。

玻璃破碎，火焰迅速爬滿周身。聖福里許痛得牙根吱吱作響，但這種程度他還承受得住，冥河的濕冷闃暗瞬間被青綠亮光驅散殆盡，所有陰界之物目光全掃了過去，他努力克制倒地打滾和躲入水中的衝動，高舉頸上項鍊，白鷺神標誌煒煒發亮。

「我，聖福里許，奉白鷺神之名至此！特此告知——黑鱷神終焉之刻即將到來！」

回聲繚繞，不知哪來的黑霧忽自聖福里許身後湧來，將他團團包圍，與他身上竄出的濃煙混成一塊，他的視線逐漸模糊，恍惚之中，一時之間無法盡收眼底的巨大黃球在遠處河面上緩緩開啟，布滿血絲，充溢混亂與瘋狂。

「開始了。」他在心底唸道。

神祇間的爭戰要開始了。

刺殺行動

日頭高掛。

白色斗篷下的莉莉絲擠在人群之中，額角冒出幾滴冰冷汗珠，她不常流汗，可天氣實在過於炎熱，處刑人、受刑人、觀刑人……所有人都被曬得頭昏眼花，整座城蒸騰水霧，扭曲時間空間。

莉莉絲能感受到人們的各種情緒，興奮為主，憤慨與湊熱鬧居次，稍早進城時她拿了張聖城僧侶沿街發送的傳單，斗大字體寫著「反叛者雷西斯特的悲慘下場」，這是聖城近百年來首次公開處刑，連以莊嚴肅穆為傲的白鷺神擁護者們，嘴角也不自覺微微上揚。

但不能怪罪他們，莉莉絲在心中替他們打抱不平。人們總是會不由自主崇拜那些自己欠缺的特質，無法征服海洋，將圖騰替代雕像膜拜海神；缺乏耕種技術，大地之母應運而生；沒有恩慈與包容，敬拜白鷺之神。

因此所有迷惘的人才會聚集至此，試圖尋找答案。

即便從來無法參透彼方是否真有答案。

她並不清楚處刑台上的年輕男子怎麼想，他曾確確實實握有選擇權，選擇無條件崇拜神祇、遵循教宗指示、衣食無虞終老一生並不會招致這樣的結果——羞辱與苦痛、以及過早來臨的死亡。但他明顯不這麼認為，或許是擁有自己的信念，也或許只是無力躲避壓頂而至的沉重律法。

但快要結束了。所有苦難都將暫時終結。你會成為神。人類的苦痛對你來說將不值一提。這是最後一步。我們終將毀滅。我們創造新生。

生即死。死即生。

千頭萬緒自莉莉絲腦中湧出，她緩緩揚起手，黑色氣息纏繞指尖，和台上高舉矛戟的士兵相同步調，接著，黑箭激射而出，發出尖厲聲響，貫穿雷西斯特頭頸，震碎後方垂頸顧盼的白鷺神雕像。

石塊碎片與血霧紛飛，粉塵揚起潑濺，人們開始胡亂尖叫與竄逃，偌大廣場在一瞬之間陷入混亂，莉莉絲拉低白色斗篷的連身帽簷，轉身快步離去。

依靠聖能運作的廣播系統與各項基礎設施紛紛失去動力，成為無用裝飾，泛著微光的建築牆面忽明忽暗，禱告與誦經聲四起，專為長老們搭建的觀刑台上同樣慌亂不已——明明都是死亡，為何只是換了人執行，反應卻全然不同呢？莉莉絲暗忖，解開背脊上的小袋，四五條魔怪奧托的吸盤觸手迅速竄出點地，一口氣將她抬離地面好幾尺，引來眾人目光的同時大大加快逃亡速度。

她並不在乎是否被人發現，刺客又如何？魔女又如何？這些都已不再重要，她不在意，沒有人會在意。

城外的原野之後黑煙密布，如巨大海濤般朝聖城方向襲來，甚至能隱約看到覆滿鱗片的吻顎與黃光在濃霧中竄動，那裡是目的地，只要想辦法到達那裡即可，只差最後一步，改變一切的最後一步。

禱告者們

他們在跪下祝禱時，已成為叛道之人。

這是他們過去從未想過的事，可自從那天夜裡在橋上親眼目睹聖愚大人的妥協……也許不該使用妥協如此強烈的詞彙，而是某種超越人類理解範圍的決斷，他們忽然意識到，說不定魔女的作法才是正確的。

暴力，卻正確。

這是極危險的異端思想，背叛白鷺神，反抗聖城長老，和邪穢……甚至是殺害教宗大人的罪犯雷西斯特站在同樣一方，接受魔女誘惑，落入黑鱷神的惡劣圈套——可是，邪惡之物難道永遠不可能是對的嗎？只因他們誕生自黑暗，就永遠沒有照射日光的權利嗎？

為聖城服務多年的他們深知城內權力中心腐敗，親眼目睹多少手持白鷺神標記的人們貪婪無度、殘害幼苗，知曉聖能愈加微弱且時常中斷，是因為年老的白鷺神即將死亡，死亡帶來新生，但改變卻又總是帶來混亂，而混亂卻也是白鷺神不願樂見的，不是嗎？

籠罩在日益沉淪的聖光中等待死亡，抑或相信魔女一次，掙開律法，將世界推往新的方向？

他們爭論不休，陷入矛盾泥淖，思考了整整一天一夜。自幼以來，教育與所有人總是告訴他們怎樣才是正確的，什麼該碰，什麼不該，服膺白鷺神的教誨是光明之途，切勿與幽暗生物打交道，但魔女莉莉絲的出現卻又一口氣毀壞長久以來的信念，他們時而高談闊論，時而沉默不語，看似遙不可及卻即將發生的可怕計畫，如視線無法盡收的巨輪，自另一側迅速壓來——無論如何，他們必須在處刑之前，選擇其中一方。

魔女並沒有強迫他們，她在日輪下披起斗篷，進城之前只輕聲說了幾句：「我在此釋放你們。計畫如舊，但我在此釋放你們。」

他們面面相覷，傻愣望著幾近足不點地的魔女離去。幾分鐘後才有人率先發難，大步走向聖城雕飾白鷺神塑像的高偉城門，他們知道自己要做些什麼，知道自己在想些什麼，知道自己真正在渴望什麼，但他們從未面對如此困難的抉擇。

人群雜沓。四面八方的人潮自各地湧入城中，所有聚集於此的人們將見證歷史，享受背叛者雷西斯特的死亡瞬間，然後他們會散布在城中各處，跪地口誦咒詞，來自魔女親授，加速神聖死亡之詞。

他們曾是聖城僧侶，他們亦是魔女的俘虜，他們親身見過戰場上的死亡與復甦，他們雙耳聽過聖愚大人臨死前的託付。

他們是為神祇服務之人。

他們會弒殺神祇，然後，等待神祇重生。

潔白斗篷的年輕女孩藉助粗壯吸盤觸手越過城牆那一幕，正巧映入碧翠絲眼中。同一時間，左前方的大哥停下手邊動作，章魚趁機爬出陶甕，那是她第一次看見大哥面露如此神情，既驚訝又陶醉，彷彿聽見海上美人魚妖惑的歌聲一般，來不及多想，右側忽地撞進一隻棕白相雜的貓頭鷹，渾身塵土，奄奄一息。

小桌上的鍋碗瓢盆散落滿地，大哥還沒回過神，廣場上的群眾已開始潰散，人們四處竄逃，深怕自己成為下一個魔女擊殺對象，碧翠絲不太明白眾人的心情，她是乖小孩，她並不覺得方才的姊姊是邪惡壞人，觀刑台上的老男人們看起來才更像壞人。

四妹跟小弟接續大聲嚎哭，媽媽與二哥趕緊放下油鍋與雜耍道具，各自抱起一個，捧在懷裡安撫，碧翠絲則捧起鳥兒，小心翼翼將牠放在油膩桌上，大哥仍愣在原地，任憑章魚四處亂爬。

三哥跑出棚子去抓章魚，貓頭鷹喘著氣，眼珠漸漸汙濁，碧翠絲雖然喜歡動物，但從沒有遇過這種情況，她的指腹輕輕觸摸眼前的鳥兒，除了多處擦傷、染血雙翅，還有兩支折斷了的箭矢貫穿牠的軀幹，情況岌岌可危。

「媽！現在要怎麼辦？」

「媽！媽！」

「媽——牠快死掉了！」

「媽媽——媽媽！」

人聲鼎沸嘈雜，媽媽似乎沒聽見碧翠絲的求助，抱著四妹快步走向大哥，試圖將他拉回現實世界，比起逃難呼救，更多的是祝禱之聲，許多人乾脆放棄移動，跪地禱唸。

只有碧翠絲能拯救負傷的貓頭鷹。她在心中告訴自己，但又該怎麼做？裝紗布和藥的箱子都是大哥負責，不知道擺在哪裡，現在好像沒時間再進帳棚裡翻找……

她心一橫，雙手指掌圍著貓頭鷹，蘊著藍光的氣場自掌中浮現，籠罩鳥兒全身，幾個月前她忽然學會一些把戲，就像有人在夢中將這能力交給她似的，能讓東西憑空消失或傳送到別的地方，大哥說這是跟空間相關的魔法，她有這方面的天賦，說不定以後能成為大魔法師，就不用繼續兜售炸章魚觸手，也不用學雜耍來招攬客人了。

所以，如果可以順利把箭矢自貓頭鷹體內取出，應該就——

淺藍光芒忽明忽滅，碧翠絲的體力大量流失，她不曾感到如此疲憊，雙手不住顫抖，如同即將喪失熱度的虛弱木炭，較為突出的深色箭矢成功消失不見，卡進一旁柱子中，碧翠絲精神為之一振，拍手叫好，媽媽與其餘兄弟姊妹發現出了些狀況，全湊了過來，七嘴八舌提供意見。

還有一支。碧翠絲低聲碎唸，試圖再次集中精神，打算一口氣將另一支顏色較淺的斷箭取出……啾嘰嘰嘰嘰嘰嘰嘰——貓頭鷹忽然厲聲尖叫，強烈痙攣後便動也不動，接著化為黑色粉齋。

眾人錯愕，桌上徒留粉末中一封摺得極小的書信，上頭暗紅蠟封，龍飛鳳舞寫著難以辨識的文字。大哥湊向前，伸手拿起，咬字不清的緩慢閱讀起來。

「莉……莉……魅……魅惑的莉莉？」

收屍人

屍骨哀號顫動，無論新舊，薛佛聽見他們在濕潤泥淖中驚慌失措。

前日夜裡看見魔女與一群灰衣男子經過此處，他便知道事情有些不對勁，魔女交接儀式之後，除了排行第十三的莉莉偶爾來拿取腐肉，好餵養叢林裡的魔怪，他一直處於沒有新工作指示的狀態，新任魔女似乎和她的姊妹不同，是個叫莉莉絲的女孩兒，時常出現在聖城發行的報紙上，行事比她母親還大膽許多，也更不負責任。

在此之前，薛佛沒見過莉莉絲本人，但屍體會告訴他一切，雖然自她上任後，送到公共墓地的可憐蟲大多來自聖城，咒罵治安不良與白鷺神已死的不在少數，仍偶有來自高塔小鎮——前高塔小鎮，現在擴展成了座漆黑大城，改名叫戴普凡緹。

戴普凡緹來的死者們話不是普通的多，每一位都如此，好像死亡會改變他們性格一樣，成天叨叨絮絮，鮮少哭訴冤屈，話題內容也和其他地方來的全然不同。

城牆建築工事、被俘虜的聖城僧侶們八卦、魔女的另一面、血液罐如何鮮甜、怎麼劃分生者與亡者活動區塊……薛佛日日夜夜聽他們討論爭辯，甚至有些屍骨早化為泥土一部分，嘴巴仍不停歇，逼得他三不五時便得對著墓園大吼，要屍骨們通通安靜。

因此，當真正發生大事時，也是屍體們告訴他的。

他衝出門，雙腳陷在泥濘裡，遠處濃煙竄動，層層疊疊如海嘯般襲來，他沒見過海嘯，但有幾個南方來的死人跟他形容過，大概就是這個景況吧！薛佛心想，趕緊回到屋內翻箱倒櫃，試圖挖出剛繼承收屍人名號時父親留下的白鷺神護身符，他平常不信這個，可現在的情況實在過於詭異，搞得他渾身長滿雞皮疙瘩。

那並非普通的森林大火。

自薛佛有記憶開始，便不曾見過巨大樹叢冒出濃煙，即便王國軍與魔怪交戰時亦然，頂多只是數十條細長、如蟲一般的黑煙升起，這次全然不同，那煙霧感覺有自己的生命與意識，朝聖城方向襲來。

然而此時的聖城黯淡無光，白鷺之神彷彿癱軟於城牆上，長頸無力垂地。

「可惡，扔到哪去了？」

焦躁與不安緊緊纏裹薛佛心臟，與死者相處大半輩子，他從未想過自己會有如此畏懼的時刻，外頭屍骨們開始嚎叫與低泣，掙扎躁動，亟欲破土而出，往濃煙反方向逃離。

我死之後，誰來幫我收屍？

薛佛腦中閃過令人不悅的想法，果斷放棄尋找護符，將一些生活必需品塞入破布袋，套上外出長靴，往聖城方向快步趕去。

失物

凱莎一行人抵達墮落之城戴普凡緹時，並沒有馬上進入漆黑磚瓦構築而成的巨大城門，而是與其他來往旅客一齊立在原地，朝同一方向，面色凝重，不知如何是好。

巨浪般的濃厚黑煙自遠處巨大樹叢湧出，鋪天蓋地，朝著聖城方向迅速推進，彷彿有隻巨獸藏身裡頭，星月般眼珠黃光閃動，厚重長吻伸在最前頭，探尋同時吞噬所經之處的一切事物。

站在隊伍最前頭的魔女莉莉沒說什麼，身後背袋鼓脹，十幾日之前她將菲登長滿薄羽的碩大身軀裝進袋中，豪不費力，髒兮兮麻色布袋就像通往另一個世界的門，超越現實的魔法存在。

艾羅站在她身後，這些日子來雖然都是靠他捉捕獵物、供應三餐、並在每晚月輪升起後警戒周遭，但她仍不願直視他的眼眸，凱莎暗暗下定決心，在菲登復活之前，不可能原諒他。

不僅是他們所立之處，城內百姓也議論紛紛，人聲雜沓，凱莎抬起頭，忽然瞥見城牆上有抹熟悉的身影——她大喊出聲，拔腿狂奔。

「榮格！」

推開擋在行經路線的旅客及居民，撞倒肢體殘缺的重生者，凱莎顧不得眾人眼神與咒罵，奮力踩上雜物與階梯，攀上城牆，遠處的濃煙此時完完全全不足掛齒，那是她的呢絨帽，是榮格的呢絨帽。

「榮格！你……」

從魔女莉莉口中得知她的姊妹擁有使死者復生的能力之後，凱莎心中便或多或少期待著有朝一日，能再次看見扭扭捏捏的榮格撫著他的黑白相間呢絨帽，要她不要再去冒險——明明之前是如此厭惡榮格這樣的舉動，現在卻……

「嗯？」眼前的男人僂著背，手輕捏下巴，散發微微腐臭，她未曾見過此人。而他的身旁則站著只剩半顆腦袋的壯漢，以及四肢全是木棍、用來充當義肢的年輕男子。

「榮格是誰？」

「辛可，你認識這女孩子嗎？她找的人好像是你。」

「我不認識她啊！」

「那你認識嗎提森？」

「我也不……」

「請把帽子還給我！」眼淚不自覺的撲簌簌落下，滴灑在被日頭曬得熱呼呼的漆黑石磚，凱莎大動作彎腰朝三人鞠躬，聲音顫抖如同深秋的落葉。

「是指這頂嗎？」

「這不是上次從空中飄下來，剛好被我們撿到……」

「拜託你們了！請把帽子還給我吧！」凱莎仍未抬起頭來，她加大音量，渾身發抖，淚水止不住地湧出眼眶，她不太確定這是過於失落還是過於高興所致，她似乎早已沒有東西可以失去，也沒有東西能再次填補內心空洞。

即便呢絨帽失而復得，好像也無法改變什麼了。

神的俯視

黑鱷神沒有所謂記憶，那是人或其他物種才會擁有的東西，祂本身即是歷史，即是永恆，即是過去與未來。

數百萬年來祂已見過太多物換星移，即便居於通往冥界的寬廣河裡，祂偶爾還是會浮出冰冷水面，用滿布血絲的黃濁大眼稍稍掃視這個世界——這樣的「偶爾」總是間隔了數十萬年之久，如果可以，黑鱷神並不想插手關於陽世的一切，包括祂的死對頭白鷺神，多年下來祂也已不屑一顧。

畢竟祂知曉自身代表著黑暗，祂的所作所為注定與象徵光明的白鷺神格格不入，祂們是彼此的對立面，相剋相生，有黑暗才有光明，光明處必生黑暗。

因此祂習慣浸泡在陰冷的冥河之中什麼也不做，就像胎兒躲在母親的子宮裡，即便黑鱷神並沒有母親，但千萬年的沉思與觀察已使祂足以理解萬物如何生滅，如何鑄下大錯，以及如何追求完美。

可惜，總是有人試圖將祂喚醒，部落巫醫、瘋狂的死亡祭司、舊日崇拜者與末日教徒、以及現在，一群自稱是魔女的女性。

黑鱷神不確定自己是在何時讓她們成了自己在陽世的代言人，或許是最初成為魔女的人湊巧發現某種方法，偷偷竊取祂過剩的力量，也或許自己真有授權過人類這樣的事情，可是祂忘了，這樣的事似乎時常發生，但無論事情如何演變都無所謂，祂並不在意。

這個世界需要的，只有祂的存在。

人們總是會以各種方式來詮釋祂的一舉一動，卻不真正在意黑鱷神的想法，因此當祂循著全身纏滿冥火的老人指示、全身纏繞漆黑濃煙、緩緩爬進陽間時，驚慌、恐懼、憤怒、錯亂、難以置信……所有原始的情緒自人們心底湧現，淹沒全身，接著驅使四肢動作，開始四處竄逃。

除了一個身上背滿魔怪觸手的嬌小女孩。

即便是祂的代言人，黑鱷神倒是不認得她，但她義無反顧朝祂走來，就像其短暫的人生是為此而活一般，祂忍不住多看了她一眼，四目相交之時，女孩的雙眼澄澈如冰，未來完完整整鋪寫在黑鱷神眼前，黑鱷神能理解她的意圖，但終究是徒勞無功，就像所有的禱告與獻祭，若將時間拉長，終是徒勞之舉。

而她身後是愈加強烈的白光，原先破敗的虛假之城散發刺目光芒，甚至蓋過高掛空中的日頭，成為另一顆太陽一般，那是白鷺神的再次重生，重新開始的輪迴。

黑鱷神知道，再過不久祂便會再次與祂的敵人碰面，或許彼此寒暄，或許撕咬。

然後進入新的輪迴。

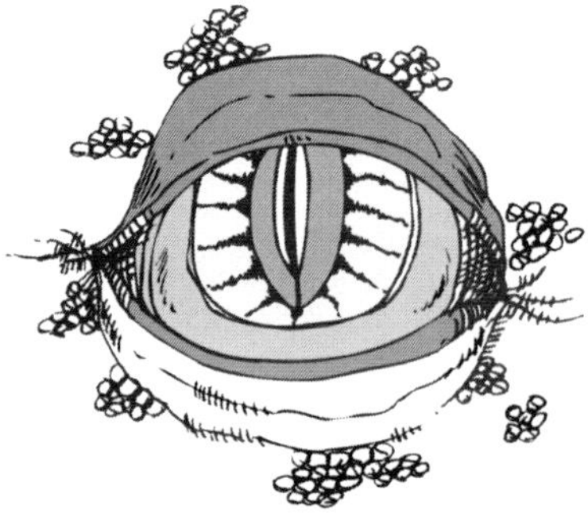

重生

雷西斯特醒來時，感覺不到自己的身體。

他確信自己已經死了，但此時卻能俯視整座陷入混亂的聖城錫奎，捧著精緻信封不知所措的雜耍家庭、匆忙入城卻不確定該往何處去的收屍人、跪地禱念祝詞的灰衣僧侶們……每個人的臉龐都是如此清晰，一眼就能看盡他們的過去與未來，而他們頭頂與肩膀不斷冒出各種顏色的情緒，像水中泡泡，晦暗的飄向遠方，淺甜的則飄近自己，聚集在半空之中。

雷西斯特曾夢見過這樣的景象，只是這次異常清晰，彷彿在現實世界中真實上演，他試著舉起手，眼前徒剩一團粗略光暈，他意識到自己並不是真的感覺不到自己身體，而是原本肉體的笨重之感消失殆盡，沒有疲累，沒有痛楚，咽喉不再灼熱，雙眼不再迷濛。

緩緩撐起身子，負責行刑的兵士早就落荒而逃，觀禮台上一字排開的高級聖僧也消失無蹤，白鷺神雕像的巨大頭吻落在他身後，碎裂成塊，照理說雷西斯特該感到悲傷與痛心，但他卻什麼感覺也沒有，像是被某種過於溫暖的物質填滿內心，不再有任何空間能容納其他情感。

「但是……為什麼……」

記憶這時才滑入他的腦袋，但不僅只是自己大起大落的一生，而是整塊沃爾瓦大陸、甚至是更加古早之前的數百數十萬年歷史，在雷西斯特眼前擴散延伸，濃稠如淖，冰冷粗暴卻不至於使他感到痛苦，他確定他從沒見過這些，但一點也不感到訝異，天空中撲滿了這片土地的未來，萬千事物生滅，周而復始，輪迴再輪迴。

而他全然無動於衷。

他忽然覺得自己就像神一般，異常清晰透徹的看清這世界如何運作，包括魔女莉莉絲的計策、黑鱷神的真實想法、甚至這件事會如何終結、世界會走上怎樣的結局，他都已了然於胸——沒有猶疑與不確定性，一切的一切早都排定完成，就像樂譜上的音符，只分成了三類，已經演奏的、正在演奏的、以及尚未演奏的。

所以雷西斯特知道自己下一步會離開處刑台，背上長出足以遮蓋聖城天空的純白羽翼，騰空飛起，接著前往黑煙密布的原野，面對侵擾陽世的黑暗之神。

在真正消亡之前，他會與魔女說上一段充滿意義卻又毫無意義的對談，接著彼此結合，就像千萬年之前世界仍混沌一片時，沒有光，沒有暗，沒有生，沒有死。

然後歸趨終結。

終焉

莉莉絲能感覺到黑鱷神正注視著她，即便只有一瞬，久違且誇張巨大的恐懼仍沉甸甸壓在雙肩之上，身下砂土忽地變作條細繩一般，懸在無止盡的黑暗中，她不願跌落深淵，卻也無法轉身，只得前進。

行進速度明顯慢了下來，肺部吸不太到空氣，腦袋暈眩，關節隱隱作痛，全身骨架發出喀拉喀拉的抗議聲，袋子裡的魔怪觸手不知何時已不再是她的代步工具，萎縮蜷曲，無力垂掛於兩側，莉莉絲雙腳腳板終於踩踏地面，揚起的粉塵隨即被吸入黑霾之中，她知道自己不能停下腳步，也沒辦法停下腳步。

烏黑煙霧如無數惡靈枯槁指爪，將她扯入闃黯裡頭，雙眼失去功用，接著是雙耳、鼻、最後是皮膚。

彷彿受困在全然虛無的牢籠中，莉莉絲只知道自己仍在前進，但她什麼也感受不到，感受不到理應冰冷或灼熱的煙霧，感受不到尖石劃開腳底皮膚的刺痛，感受不到眼前壓倒性龐大的黑鱷神。

她就這樣不停的跑，不確定距離與方向，連時間流逝的感受也消失殆盡，像是繞著石磨旋轉的驢，抵達不了目的地，也許這是來自黑鱷神的試煉或祝福，也或許是對於她試圖捉弄神的懲罰。

可莉莉絲並不後悔，這是唯一的方法，消弭所有黑暗與光明的鴻溝，破壞一切，讓所有生物能在全新的世界抬頭挺胸活著，不再因為身分而備受欺凌，不再因為出生而洋洋得意，不再因為代表黑暗而自暴自棄，不再因為代表光明而為所欲為。

亮光乍現，她瞇起眼，四周並沒有因此明朗起來，全身散發白光的男人緩緩落地，身後羽翼看不見盡頭，佔據所有視野，她已在不知不覺中改變方位，不再背對聖城，莉莉絲知道對方是她幾刻鐘之前殺害的雷西斯特，卻也不是雷西斯特。

「好久不見。」

並非人聲的嗓音在莉莉絲心底響起，彷彿能直視她的心靈一般，而她也驚訝的發現，自己完完全全能做到這件事，只不過說話的並不是她，她只是媒介，只是陰與陽交會時所需的工具，無法自主，任由身後的黑鱷神擺布。

「臭白鳥，你這是死第幾次了？」

「永遠不死才很有問題不是嗎？」

「這樣說也對，只是我一直死不了，說真的還滿困擾的。」

「我以為你大部分時間都在睡覺。」

「這樣說也對。」

莉莉絲咧嘴而笑，眼珠變得又黃又濁，「那接下來，該怎麼做？」

「看該怎麼做就怎麼做吧！我們只是照著定數演出罷了！」

「這可不一定，我的代言人有自己的想法。」

「過程並不重要。」

「這樣說也對。」

兩人邁步，直到距離極近才停止，雷西斯特低下頭，莉莉絲則輕輕浮起，手臂環繞彼此，唇瓣相抵。

能量擴散每一寸土地與空氣，直至沃爾瓦大陸盡頭之處。

海神眷顧的子民

聖城的騷亂比預期中來得快，風暴也是。

一整罐章魚被兩個母神崇拜者趁亂抱走，大哥連忙將追上前去的三哥給揪了回來，四妹和小弟的哭鬧彷彿永遠無法停歇，母親趕緊輕拍安撫懷中的他們，同時收拾鍋具火爐，二哥則想辦法將堆滿雜物的拖車給拉了過來，擋在攤位門口。

碧翠絲不知該如何形容眼前景象，不僅攀附在禮拜塔上雄偉的白鷺神雕像斷頭崩毀，平時莊重嚴肅的僧侶們驚慌失措、大聲哭吼，蛇神教徒拿出雕滿咒文的刀械朝自己身上刨挖，試圖挖出紅通通心臟來平息神的憤怒，而天罰預言者仍揮舞著大旗，人群推擠中喜極而泣，雙眼閃動光芒，末日即將來臨。

漆黑風暴夾雜閃爍銳利白光，自高聳城牆蔓延傾瀉而至，碧翠絲的長髮在狂風中亂舞，弟妹仍在尖叫，頂上布棚轟隆幾聲被吹往遠處，撞進旅社擴建的房間裡，攤位側邊木柱同樣搖搖晃晃，不能再多支撐一刻。

她知道自己就快死了，雖然出生至今只有短短十二年，但從南方長途跋涉而來，看了好多各式各樣的人與景色，應該也足夠——

「碧翠絲……碧翠絲！」

「什麼？」嚇了好一大跳，碧翠絲的雙眼才終於聚焦在瀏海被汗水浸溼的大哥臉上，「怎麼了？」

「妳有辦法，把我們全部傳送到其他地方嗎？就像幫貓頭鷹拔箭一樣！」

「我們？全部的人？」

「不是全部，就我們家。」

「可是……」大哥的語氣似乎全無半點猶豫，但稍早的傳送魔法已讓碧翠絲渾身無力，根本沒有心力再開啟大哥口中的傳送門。

「沒有可是，碧翠絲，妳有這樣的天賦，我知道妳有！我們都是海神眷顧的子民，所以妳可以辦到的，如果最後都是死路一條，我一點也不想死在這樣的聖城之中，媽媽跟弟妹也都是。」

大哥粗厚的手指嵌進了碧翠絲的細瘦肩膀裡頭，箝得她縮起身子，母親雙手抱著四妹和小弟，和二哥三哥一起圍了過來，所有人都看著她，周遭仍然鬧哄哄的，甚至有多處起火爆炸，可除了自己的心跳，碧翠絲聽不見其他任何一絲噪音。

大哥拿出張破爛地圖，迅速攤在地上，接著指向雲霧與黑色堡壘之處。

「我們到這裡去，墮落之城戴普凡緹。」

吞了吞口水，碧翠絲點點頭，閉上雙眼，在腦中規劃聖城錫奎到戴普凡緹的最近路線，勾勒通道與門框，指掌揉捏比劃，試圖架構出足以容納所有家人與推車的次元傳送門。

如果失敗了，其他人也會一起死掉吧？

沒有時間浪費，甩掉無謂的胡思亂想，碧翠絲想辦法集中心神，汗水自每一吋肌膚湧出，掏空體力以及生命，而原先擺放木桌之處，空氣擠壓扭曲，嗶嗶剝剝裂成一道縫隙，閃爍奇異光芒。

碧翠絲額頭與後頸血管青筋浮現，她知道自己可以辦到，如果再加把勁，再多榨出一些能量，再將門口撐得大一些……

風暴乍然而至，將所有人吞噬殆盡。

復活魔法

「儀式開始。」

環形建物層層堆疊而上，留在墮落之城戴普凡緹的聖僧們填滿每個空位，低頭誦唸咒語，自從另外一半被俘的僧侶隨莉莉絲出城後，他們便一個個倒戈，為蒐集血液的魔女莉莉以及墮落之城的居民們服務。

一切皆起因於年輕的雷朋，當初不顧眾人勸阻，手持匕首闖入莉莉的辦公室，打算逼迫對方就範，沒想到反被迷得神魂顛倒，白鷺神所無法帶給他的，莉莉全給了他。

即便莉莉總是譏笑他的信仰如此薄弱且不堪一擊，他還是會在每日清晨單膝跪地，親吻莉莉蒼白指節，雷朋不清楚自己到底怎麼了，過去十幾年來信守白鷺神教誨，卻總是空洞的內心忽然被他無法說明清楚的事物給填滿，他明白莉莉只是將他視作一顆棋子，甚至為此在深夜裡啜泣，但他仍願意為她奉獻一切。

其他僧侶們都說這是畸形而扭曲的迷戀，雷朋並不願意承認，惴惴不安、焦慮引起的胃痛、胡思亂想、失眠與偶發性的情緒失控，他並未拋棄信仰，反而稱這都是白鷺神給的考驗，是成為成熟大人之前的試煉，與愛戀無關。

「雷朋。」

莉莉輕聲喚道，伸手接過雷朋遞上前來、沾染魔法藥水的銀針，一根一根扎入攤開雙翅的巨鳥腦袋，周圍地上法陣黑光躍動，他們打算趁莉莉絲引起的風暴尚未結束前，將所有排隊等待的死去之物召回人間，畢竟沒有人能肯定之後會如何，或許魔女不再擁有來自黑鱷神的法力，或許聖僧的禱告能隨時喚來白鷺神現形。

另一側站著旅行者莉莉以及她的同伴，皮膚黝黑的女孩眉頭深鎖，頭戴黑白相間呢絨帽，在她身後是揹著弓箭的大男孩，雙眼異色，綠的那顆眼珠如碧草蒼翠，黑的則如夜半深邃無光。

總是隨侍在莉莉身邊的雷朋也對她們所知甚少，他知道除了繼承稱號的莉莉絲外，只剩下四名魔女，分別是流浪者、監控者、血液者以及媚惑者，而她們也是沃爾瓦大陸中北部少數會使用魔法的存在。

至於其他像是深谷中徒具虛名的魔法學院——

周遭空氣忽然大幅下降，靠近雕花柱旁的空氣扭曲，水氣凝結成珠，直接自空中滴落而下，正當眾人感到不對勁，一道橢圓大門憑空破開，迸發閃耀藍光，伴隨巨鳥復活時的淒厲悲鳴。

「空間魔法？」

咒語禱念聲並未因此停下，莉莉曾嚴厲告誡過僧侶們儀式中斷的嚴重後果，被施法者將會不生不死，陷入永恆的瘋狂，因此所有人繃緊神經，等待橢圓大門中即將出現的任何事物。

先是短小手臂、兒童般的身軀及圓胖腿肚、再來是年輕男人半顆頭顱與中年婦女的右半身……一口氣走出七人，有老有少，人人手中抱著陶罐，罐口章魚腳恣意蠕動，以及一台疊滿雜物的大型拖車。

「我們……是不是來錯地方了？」

「不，我想應該是沒有……碧翠絲！」

撐開的次元大門倏然消逝，最後步出的小女孩悶哼幾聲，面朝下，噗的一聲倒臥在地。

魔女的愛戀

光亮與濃煙匯聚產生的風暴持續了整整三天三夜，一波一波震動傳遞至整片大陸，驚擾生靈，撼動高矮建物，夜裡亮光刺眼如晝，白日烏煙遮蔽日頭。

即便是遙遠的東方王城也陷入混亂，大量房屋倒塌、百姓無家可歸、罪犯藉機橫行，皇宮內外忙亂不堪，王國軍隊除了救災外還得維持治安，而偉大的國王除了下達阻礙眾人行動的繁複命令，未曾踏出宮殿一步，反倒是他那排在繼位順序盡頭的兒子，沒日沒夜東奔西跑，試圖讓情況歸趨穩定。

雖遭國王嚴格禁止，莉莉還是換上輕便衣裳，趁夜偷跑出宮，自從年輕王子對她說了那番話，希望莉莉為他生育子嗣之後，她便時時刻刻感到焦躁不安，彷彿有股熾熱火焰在她早已腐爛的心臟底下燃燒，腿綁信件的鬼鴞遲遲沒有帶來回覆，或許機會渺茫，但莉莉深知這是唯一的希望，將年輕王子留在身邊的唯一希望。

她知道這樣是不妥的，魔女總是傲然獨立，不該對任何人產生依戀之情，可她早已厭倦受盡阿諛奉承與感激讚美的生活，她希望有人能真的發自內心依戀她，不是因為她的外表，而是因為她的心。

這不太可能。莉莉這樣告訴自己，每日午後自柔軟床榻醒來時、優雅吃著精緻餐點時、與女人激情交歡時、沐浴洗身時、幫助貧民窟居民時……每當充滿愛慾或景仰的眼神望向她，她的胸口便會狠狠糾結，半晌才得以喘息。

即使沒有真正鮮活跳動的心臟，莉莉還是發覺自己與過往不同，她不再醉心於算計與支配，空虛總在身體裡蔓延撕扯，伺機而動，她知道自己需要的是愛，是不受控於她、擁有她的同時也保有自我的那種愛戀與溫柔。

因此當莉莉發覺自己過於依賴年輕王子時，已陷入太深太深，她會因見不到對方而感到焦慮、因為對方時而溫暖時而絕情不知所措、小心翼翼謹守著對方單方面的約定……就像情竇初開的少女，一點也不適合魔女這樣的存在。

她並沒有在信中提及自己的感受，畢竟與妹妹莉莉絲著實不甚熟識，加上這樣詭譎的天災，明顯是妹妹搞出來的，或許她仍沒有時間回信——

「報上身分！」

皇宮外牆偏僻小門的守衛忽地出聲，口氣嚴厲，莉莉認得他們兩位，都是嘗過甜頭的年輕小夥子，她輕輕揭下頭頂斗篷，兩人不約而同倒抽口氣，雙雙看傻了眼。

「我可以通過嗎？」

「當……當然可以！如果是莉莉大人，當然可以通過！」

「可是剛剛不是才有指示下來，不能讓莉莉大人離開皇宮半步……」長得比較嚴肅的守衛顯得侷促不安，汗珠一顆顆滑落。

「誰的指示啊？」莉莉猛然湊近，雙手各拂上他們臉龐，鼻息香甜輕柔，「整個皇宮裡的人，都是我的東西喔！」

「是！是的！莉莉大人說得對，我們不該質疑莉莉大人……」

「請莉莉大人注意安全，我們絕對會裝作沒有這回事的！」

「真乖，」細指輕拍兩人面頰，莉莉雙眼瞇成線，各送上腥甜一吻，「不能跟別人說我有來過這裡喔——」

「遵命！」

刺蝟的憤怒

艾羅感受到左臉強烈刺痛時，身體已下意識向後翻滾幾圈，搭弓上箭，隨時可以擊殺眼前忽然出手攻擊的男——

與其說是男人，更像是長滿利刺的巨大刺蝟。

外頭的風暴雖有暫緩趨向，狂亂風聲仍呼嚕嚕灌進建築物的氣孔與磚瓦縫隙之中，他們在油燈微弱的交叉路口警戒對峙，一條通往復活者們的居所，另一條則接向魔女莉莉的所在之處。

全身插滿箭矢的男子表情冷淡，手中長劍散發寒光，來到墮落之城的這幾日，艾羅的確有聽聞深夜攻擊事件，卻沒料到自己會如此幸運，第一次深夜外出就遇上這樣詭異的不速之客。

他還得將新鮮的水果和裝在玻璃瓶裡的乾淨飲用水，送往蒐集血液的莉莉那裡，替擁有極高天賦的魔法師女孩補充營養，加速身體復原，雖然這不是艾羅本該做的，但旅行的莉莉一路上幫了他許多忙，跑個腿也算是回報她的方式之一。

只不過這些禮物能否平安送抵，又是另一回事了。

「你是……？」

沒有應答，刺蝟般的男人忽地拱身衝刺，滿是缺口的劍鋒橫掃，差點削去艾羅鼻尖，艾羅再次翻身躲避，刻著詛咒符文的箭頭貫穿男人面頰，自後腦突刺而出，但刺蝟並沒有倒下，上半身搖搖晃晃，雙腿直插地面，嘴裡出聲咒罵不止，怒火滿溢。

確實會有這種狀況發生，畢竟復活者們大多不是自願或自然死亡，艾羅並不清楚眼前男子曾經歷過怎樣的事，除了能肯定是魔怪討伐戰爭中陣亡的王國軍士兵外，他對他的一切全然無知，甚至不確定是否真能再次殺死對方，好保全自身性命安危。

「我知道你很憤怒，但是你的憤怒其實不關我的……」

「啊啊啊啊啊啊啊——」

「稍微冷靜下來吧，海弗克。」

極富磁性的女聲自刺蝟男海弗克身後響起，海弗克還來不及轉頭，頸部以上便轟的一聲化為粉齋，顏色深沉的暗紅血液噗嚕嚕流出斷裂面，可他的雙膝仍不屈服，僵硬撐起身子，不願倒下。

幾秒之後，魔女莉莉才從陰影中現身，胸前掛著裝進汙血的小玻璃瓶項鍊，姿態優雅，若有所思盯著艾羅身側裝有禮物的小背包，「是姐姐準備的嗎？」

「是……」艾羅有些訝異莉莉的出現，略為遲疑指了指海弗克的屍體，「妳認識他……？」

「他是誰不重要，而且他太憤怒了，所以聽不見我們的話。」

「我們？」

「不是指你和我的我們。而是我們。」莉莉纖細食指擺在胸前，莞爾一笑，「我們正在推動世界進步，他的憤怒微不足道。」

艾羅一時不知該如何回應，在魔女偉大的計畫之前，連生死也不值一提嗎？如果死亡只是件微不足道的小事，那什麼才算是真的重要的？那為了替母親與自己報仇，射殺那麼多人，也不算是制裁與懲罰嗎？還是說，魔女的眼界更加高深而遙遠？

「東西先給我吧，這裡我處理就好，你可以先回去休息了。」

「好……」艾羅低聲說道，思緒混亂，眼睛直勾勾盯著魔女莉莉，手抓箭桶背帶，退回來時的通道之中。

決議

沾染墨水的羊皮信紙攤在大圓桌上，蒐集血液的莉莉與旅行的莉莉對坐相望，身邊或坐或站各自的奴僕或是夥伴。

信件是天才魔法師的大哥所帶來，本應綁在鬼鴞腿上，但這幾日負責傳訊的鬼鴞音訊全無，且上頭確實是王城裡妹妹的筆跡與簽名，因此雜耍家族的證詞真實性極高——有人使用弓箭，射殺了鬼鴞。

姑且不論蓄意與否，這對魔女來說都是嚴重警訊，若是具針對性的作為，表示排行二十八、魅惑王公貴族的妹妹可能已被不知名的人物或集團給盯上，如果只是湊巧，為了食物或遊樂而擊殺鬼鴞卻又不太可能，畢竟鬼鴞並非活物，是由魔法與屍體構成，不會如此輕易死去。

再者，沃爾瓦大陸上每個人都知曉鬼鴞代表魔女，因此對鬼鴞出手，等同於對魔女宣戰。

最先被懷疑的是兩隻眼珠不同顏色的艾羅，他惴惴不安坐在光亮與陰暗的交接處，翠綠瞳孔閃爍猶疑，另一隻則瀰漫漆黑邪惡，箭桶裡硬矢纏繞的咒法連魔女也難以滲透，況且他還曾謀劃多時，用弓箭一舉殲滅仇人……

「對艾羅的質疑可以先放下了，我們在北方深谷相遇後，他便一直都跟著我旅行，所以兇手不會是他，時間並不吻合。」

「姐姐，我從來沒有懷疑過他。」蒐集血液的莉莉輕笑，拋媚眼似的望了望旅行者莉莉身旁的艾羅，隨即拉下臉，陰沉說道，「兇手是王國的人吧。」

「怎麼能肯定？」負責旅行的莉莉反問。拾獲信件的雜耍家族缺席了，因此無法細問當時情況，他們似乎正試圖教導剛復原不久的天才魔法師妹妹，幫助她理解一些基礎的魔法概念，她的大哥叫道格拉斯，雖然只是個碳烤章魚小販，卻意外熟悉魔法運行法則。

「我不能肯定啊！但是，妹妹莉莉絲引起的風暴已趨緩，復活者們也開始想家了，所以……」

蒐集者莉莉欲言又止，抬手接過身後聖僧恭敬遞上的地圖，將羊皮信紙移至一旁，開展攤平。

「所以？」

「這裡到這裡，從戴普凡緹到達王城的直線距離，我已經用紅色墨水畫上了。」

「我指的是……」旅行者莉莉的語句在喉間止住，她忽然發現妹妹和印象中的溫柔優雅不同，彷彿管理墮落之城的職務已使她徹底轉變，不再是掛著和煦微笑、光明燦爛的魔女，而是身上不知何處破了個洞，流露黑暗，成為更像是正統魔女一般的存在。

「誰是兇手並不重要啊姊姊，我們已經湊齊了這些條件，剩最後細部工作，完成後就能開一道傳送門，將歸心似箭的兵士們送回故鄉了。」

「然後呢？」

「沒有然後，這是莉莉絲妹妹答應眾人之事，我只是代她完成，而前往巨大樹叢的姐姐也不知去向，因此，我想，徵得妳的同意之後，我們就開始這項計畫。」

「已經開始了不是嗎？」莉莉皺起眉頭，彷彿聽見妹妹的自信卻詭異的輕笑聲，而對方貝齒在搖曳火光下閃閃發亮，毫不掩飾。

「終究會開始的，對吧？終究會開始的。」

前往南方

風暴足足肆虐了六天六夜，枝葉枯折，河水乾涸，建築崩毀，萬物傾頹。

當旋風消散，第一道透白日光穿透雲層，斜照在破敗不堪的聖城牆面時，除了黑漆漆的墮落之城戴普凡緹以外，沃爾瓦大陸上已無完整建物，人們自廢墟中虛弱爬出，尋找其他倖存者，尋找食物，尋找其餘生物的蹤跡。

然而戴普凡緹空氣中卻湧動著截然不同的歡欣，魔女的計畫在即，通往次元門預定架設處的木製平台高高築起，決定返回王城的復活者們將印上號碼的紙張小心翼翼收入貼身口袋，整理行李與家當，滿臉雀躍。

原先高塔小鎮的居民也已發配到空出的屋舍，即將擁有更為寬敞的生活空間，懼怕死亡的膽小鬼們終於能鬆口氣，不必擔心夜裡外頭遊晃的不死生物，而與復活者交好的，則趁著最後時刻擺宴設席，所有人大肆慶祝與餞別。

頭戴黑白相間呢絨帽的凱莎也閒不下來，決定選在眾人忙碌時悄悄離開，和當初攀上巨大樹叢時一樣，她習慣不告而別。

巨鳥菲登仍然靈動輕盈，羽翼豐滿，除了一隻眼珠罩了層白膜，偶爾吐息滿是屍臭，牠和死去之前沒有兩樣，同樣會高聲銳叫「菲登──」，或是發出怪笑一般的「噗哧」聲表示不贊同。

也許該感謝艾羅？凱莎偶爾會這麼想，因為他誤以為菲登是獵物而拉弓擊落了她們，她才有機會遇見旅行的魔女莉莉，才能找回榮格的呢絨帽。

但呢絨帽會遺失，不也是艾羅造成的嗎？還是說他們勢必會因為這樣令人難過的意外相遇？

她的思緒有些紊亂，無論如何，凱莎並不恨艾羅，她知道手上沾了汙穢鮮血的他有自己的難處，多日相處下來，她早就在心中原諒艾羅，甚至有些喜歡對方沉著的個性，但仍保持距離，因為她知道這是自己容易原諒他人的性格使然，或許還摻雜了一些寂寞，一些孤單。

確認沒有人注意到自己後，凱莎攀上菲登背脊，俐落縫線取代箭尖刺出處，微微發紅，她儘量不去觸碰菲登的舊傷，調整好姿勢，雙腿夾緊，準備起飛離開。

「要走了嗎？」

突如其來的問句驚動一人一鳥，雙雙回頭，艾羅不知何時出現在她們斜後方，雙手插在口袋裡，態度扭捏，就像當初的榮格一般。

「對。」

「去哪裡？」

「南方。」凱莎沒料到自己竟會回答得如此乾脆，她出乎意料有些緊張，刻意撇開眼神，不和艾羅奇特的雙眼對視。

「是嗎？不留下來看……傳送門？」

似乎覺得自己的話語有點可笑，艾羅低頭笑出聲來，凱莎也跟著咧嘴，聳了聳肩，「不了，我對魔法沒興趣，也不想依靠那種太過方便的東西，我想要自己去看看。」

「那……」艾羅斟酌字句，稍稍歪著頭問道，「之後再見了？」

「好。」

「好，一路順風。」

「會的。」

歸鄉

席爾一直覺得這像是一場夢，從魔怪滿布吸盤的觸手橫掃而來，短暫黑暗與劇痛之後所發生的一切，都是過於真實的夢境。

他本是該死之人。

每次僥倖存活的戰役結束，席爾都如此認為，但這次的感受更加強烈，他體內的血已流乾，身體卻還能活動自如；冰冷心臟已不再跳動，腦袋卻還能運轉思考；從前的他並不相信神，但現在賜與他新生命的魔女，成為了他全新的信仰。

席爾不曾想過自己會有這樣的一天。

最初離開戰場，連日趕路抵達高塔小鎮時，席爾不斷說服自己這是死後的試煉，通往天堂前的最後一段路，可等在前頭的是和一大群和他相似遭遇的夥伴修築城牆，咒罵滿臉嫌惡的高塔小鎮居民，誇讚提供協助的聖城僧侶。

莉莉絲聚集群眾，公開演說時，連果斷揹起劍、告別母親的夜裡都不曾皺過眉頭的席爾，莫名落下睽違十數年的淚水，彷彿身體終於允許過於堅強麻木的內心感到難過與釋懷，世界即將改變，世界終要改變。

而當魔女莉莉絲離開墮落之城，引起光與暗的強烈風暴吞噬萬物時，席爾內心甚至產生了某種異樣的幸福感，是他不曾有過，被真心關愛、被在乎的那種細膩情懷，即使席爾不確定莉莉絲是否真的認識自己，他還是選擇閉上雙眼，低聲誦唸莉莉絲之名。

他有時會覺得，自己似乎比活著時，更加感到充實與幸福。

現在，莉莉絲的諾言即將兌現，木製樓台迅速興建完工，掌中緊握號碼牌的復活者們提著大小行李，歡欣鼓舞排隊上樓，高台另一側的年輕小女孩高舉雙手，指掌能量湧動，蒐集血液的莉莉在一旁溫柔指導，氣溫明顯降了好幾度，但沒有人在意，因為他們就要回家了。

跨越死亡的鴻溝，實踐原已隨血液逝去的承諾，他們就要回到王城見自己的家人與愛人。

走在席爾前方聒噪不已的是肌肉提森與木棍維斯三人組，他們是出了名的感情好，可席爾總是不記得另一個話不多的叫什麼名字，似乎曾短暫戴過一頂奇特造型的帽子，但最近又沒見著，大概是收起來或送給其他人了。

還有一些熟悉的面孔也在人群中載浮載沉，他忽然想起十字路口中央的復活者屍體，頭部消失，全身上下插滿箭矢，但仍緊握早已無法割裂任何東西的長劍。魔女的公告上頭說他是夜晚隨機傷人案的兇手，已將屍體防腐，留在原處以示眾人警惕。

席爾不確定這樣的做法是好是壞，他繼續往前走，抱緊懷中長劍。

巨大傳送門終於成形，掛在高台盡頭，附近所有東西的表層都結了層霜，兩側僧侶檢查確認每位復活者都持有號碼牌後，人潮再度開始流動。

自他的角度看過去，傳送門內閃爍糅合各色光線，無論是否躑躅，每個人都抬腳踏了進去，席爾知道會先經過一個未知的空間，而在這之後，便是他們的目的地，王城。

他們朝思暮想的故鄉。

拋棄所有

「你願意為了我，放棄一切嗎？」

年輕王子腦海中響起這段話，那時莉莉坐在床緣，赤裸半身倚在他的背上，那是在他希望莉莉為他生兒育女之後的事了，但他沒有回答，該煩心的事太多，在成功之前，他沒有心思與把握，能說出最為正確的答案。

但就快到達終點了。王子低下頭告訴自己，緩緩抽動鑲滿寶石的配劍，確認能流暢使用。

國王用以調查莉莉底細而聘募的獵人集團，稍早全數當作盜賊殲滅了，廣場周邊的三個出入口都有自己親信的部下，帶領軍隊駐守設置檢察站，平時忍受壓迫的圍觀百姓中也安插了暗樁，隨時可以鼓譟起鬨，就等時機成熟。

莉莉早已被綁上木樁，下方是成堆浸過油的枯柴。在風暴結束後，萬物傾頹、百廢待舉之際，國王終於露面的第一件事竟非救災與援助，反而是以魔女罪名處死莉莉，士兵不敢違抗命令，將她粗魯拖行至廣場，像對待牲畜一般凶狠殘暴。

王子沒有多看雙頰瘀傷、嘴角泛著血沫的莉莉，對著自己身後兩名侍衛點點頭，自側邊走上觀禮台，正中間的國王左側是擁有繼承資格的大哥，右側是好吃懶做的二哥，其餘不重要的分散在其他地方，他並不在意，他們永遠都不重要。

國王座位區的守衛也是他的人，他點點頭，神情稍嫌緊張的年輕男子連忙讓出通道，讓王子與侍衛三人通過，王子態度從容，儘量不讓自己遮擋國王與哥哥們觀看處刑的視野，以免分散他們注意，破壞了他們興致。

準備點火了，四個手持火把的士兵步伐統一，神情肅穆，動作毫不猶豫。依照往例，火勢自柴堆角落開始蔓延，嗶嗶剝剝，煙霧燻黑莉莉被扯破的裙襬，她並沒有哭泣，也不顯露恐懼，只是茫然看向觀禮台上所有與她有所關連的王公貴族。

沒有人回應她的盼望。

同一時間，年輕王子與侍衛各自選定對象，手握配劍，屈身彎腰湊近，示意自己有話要說。

然後在他們側耳傾聽時，利刃出鞘，唰唰刺入三人心窩，在所有人來得及反應之前。

圍觀群眾爆出歡呼，將手中破布拋向天空，入口處的軍隊一擁而上制伏手持火炬的士兵，事先準備好的冷水潑灑在熊熊烈火之上，同時兵分多路，將所有出席火刑的貴族與其他王子送進地獄，陪伴國王。

這是以愛之名發起的政變。

濃煙仍未止息，城門外忽地鼓譟不止，冰霜如藤蔓般爬滿城牆，似乎又有什麼突發狀況，但是年輕王子並不擔心，他甩去劍上血汙，將死去的國王一腳踹下王座，接著爬上欄杆，一躍而下。

直到王子翻滾幾圈，站起身子後，他與莉莉才終於四目交接，不知為何，從來不哭的莉莉眼眶擒著淚，欲言又止。

「我不會為了妳放棄一切，」年輕王子語氣堅定，「因為妳就是我的一切，莉莉。」

正確的抉擇

道格拉斯從沒見過如此溫馨的場面，城門開啟，迎接復活者的並非手持冰冷武器、嚴陣以待的兵士，而是所有原以為自己痛失家人與愛人的王城居民。

沒有預料中的血戰，他們相互擁抱，流下喜極而泣的淚水，有些嘴裡不停咒罵，激動抓著對方衣角，有些跪地磕頭，感謝白鷺神的慈悲為懷，溫暖的氣氛融化了傳送門造成的冰霜，水珠滴答，落在仍泥濘不堪的地面上。

身旁的魔女莉莉沒說什麼，從能裝入任何東西的神奇背包中掏出羽毛筆和書，龍飛鳳舞記錄了起來，嚴格說起來，除了見面時禮貌性的點頭，道格拉斯根本沒和對方說過話，甚至連眼神交流也僅有極為短暫的一瞬，他知道旅行者莉莉負責記錄旅途見聞，除此之外，他想不到任何可以開啟的話題。

決定一起通過傳送門的決定，道格拉斯其實掙扎許久，雖說蒐集血液的魔女已經收了妹妹為徒，戴普凡緹也會提供其他弟妹的生活費與學費直到他們長大成人，甚至為他們買了棟有店面的房舍，希望雜耍家族成為墮落之城的永久住民，但道格拉斯還是不放心，畢竟看顧弟妹早已成了習慣，當真有選擇時，反而無法踏出腳步。

「但你還是來了。」彷彿猜透他的心事，莉莉的筆尖仍竄出墨水，頭也不抬。

「……對，因為我後來想，改變總是好事。」

「是好是壞，全都看你怎麼想。」

邊說邊走向前，人群彷彿能感受到莉莉湊近，自動讓出了一條直抵城門的道路，道格拉斯跟在後頭，來到雄偉的城牆前，迎面而來的則是年輕壯碩的英挺男人，以及披了條罩衫、長得和旅行的莉莉一模一樣，氣質卻全然不同的女人。

「姐姐，你們終於到了……有收到信嗎？」搶在男人之前，魅惑的莉莉牽起姊姊的手，疑問傾瀉。

「有，」旅行者莉莉點頭，「墮落之城的妹妹已經開始研究，可能得稍微等等。」

「沒關係的，我們還年輕。」男人插話，語氣溫順但眼神銳利。

「您應該是新任國君，這些日子來妹妹受您照顧了。」

「不會，我很感激她的出現……這位是？」

「這是與我一起旅行的同伴，來自南方的魔法師道格拉斯。」

「幸會。」

道格拉斯危顫顫伸手，新任國王布滿粗繭的手掌強而有力，他有些訝異，眼前這個年齡與他相仿的人，似乎真的能帶領國家前進，就像魔女莉莉絲一般，國王渾身閃耀著光芒。

他也想要成為這樣的存在。

短暫寒暄，國王邀請他們進入王城參觀，雖然仍處於破敗與混亂中，但悲傷並未籠罩天空，人人努力重整家園，收拾家當。身旁的莉莉臉上仍沒有什麼情緒起伏，但承諾會盡她所能幫忙災民，手中紀錄已從文字轉為圖畫，迅速勾勒周遭景象。

道格拉斯忽然有些高興，深深吸了口氣。

這應該是他這輩子最正確的抉擇。

等待她的甦醒

聖城已不復以往，不再聖潔，不再高雅莊重。

存活下來的人們選擇搶奪彼此僅存的糧食，佔領對方居所，燒殺擄掠，在神祇死去之時，眾人回歸原始，肉弱強食，無所顧忌。

薛佛費了千辛萬苦之力，才終於擺脫惡煞糾纏，避開騙徒與宵小，失去行囊，渾身又臭又髒，光著腳奔回自己在墓地旁的破舊小屋。

可惜等著他的，是殘缺不堪的小屋零件碎塊，消失的屍骨，以及呆坐廢墟中、一頭長髮的年輕女孩。

「妳是……？」

他認得她，即便只有一面之緣。

引起風暴的罪魁禍首。

來自地獄的使者。

黑暗的化身。

萬惡之源。

魔女莉莉絲。

然而莉莉絲並未看向震驚且氣喘吁吁的薛佛，她的雙眼深邃卻又迷茫，看似知曉一切，卻又全然無知，而在懷中蜷曲、漆黑幽暗的鱷魚幼獸幾近融入她墨黑秀髮，頭頂上同樣休息樣貌的小白鷺卻是超乎想像的純白，散發光芒。

「等一下，妳應該是魔女吧？妳怎麼會在這……」

「她聽不到的。也看不見。」

另一個女孩出現在薛佛身後，薛佛同樣認得，是時常來向他索取腐肉、排行第十三的魔女莉莉，她似乎也經歷了重重險難，衣服破爛不堪，全然沒有起到遮蔽身體的作用。

相較於薛佛的羞赧，莉莉毫不在意，與薛佛並肩站著，「我不確定她怎麼了，或許她還在睡，醒來就會恢復正常了。」

「睜著眼睛睡覺？這是死……」

「不，妹妹還沒死。」魔女莉莉語氣像山一樣篤定，她撿起地上木板殘片，低聲唸誦咒語，接著散落各處的碎片自泥地中緩緩浮起，閃爍微弱的異樣光芒。

「有些被風吹遠了，先找其他東西替補，木板上頭都有指引你如何組裝回原貌的標示。」

「等等……現在是？」薛佛一頭霧水。

「我們至少得蓋間房子，食物晚點再想辦法，這樣沒錯吧？」

「可是──」

「沒有可是，」莉莉瞇起眼，稍稍望向莉莉的所在之處，「我會看著莉莉絲直到她年華老去，而在她真正死去之前，日子還是要過下去。」

「對吧？」

故事結束之後

我一直認為，故事是永不結束的。

即便人類絕盡，世界完完全全毀滅，甚至宇宙消散，故事都不會結束，故事只會衍生出更多更多故事，像生物繁衍，像星辰運行，它永遠存在於此。

因此我總在心底相信，魔女的故事還會繼續下去，畢竟以手邊文獻看來，莉莉絲並未死去，而在繼承名號的魔女死去前，其他魔女必須終身助其一臂之力，如同守候身旁的監控者莉莉，持續遊歷沃爾瓦大陸的旅行者莉莉，治理戴普凡緹的蒐集者莉莉，以及待在王城的魅惑者莉莉。

可惜資料有限，金費不足，以我目前能力所及，只有辦法蒐集整理出這樣五十個彼此交錯相連的故事，或許在我有生之年仍無法全部蒐羅殆盡，畢竟一人之力微薄，而故事仍不斷衍生，迅速擴張增長。

而未解的疑問，通常也會帶出與之相應的故事。

正如墮落之城永不露面的現任城主，與蒐集血液的莉莉是否為同一人？碧翠絲是否真的成為了沃爾瓦大陸上最偉大的魔法師？精通魔法的道格拉斯與旅行者莉莉，在之後的旅途又遇見了什麼樣的人、發生什麼樣的事？悲傷的薇朵有見著自己死去的兒子嗎？魅惑的莉莉有成功為王子生育子嗣，將王國帶往更繁榮美好的道路嗎？前往南方的凱莎與大鳥菲登，終有再次與艾羅相逢嗎？

還有，魔女莉莉絲最後有甦醒過來嗎？

這交織而成的一切一切，或許都只是開端，也或許是漫長歷史裡微不足道的一點碎屑，但是，永遠不會是終結。

請相信我，這永遠不是終結。

最後，將此書獻給每個有幸閱讀至此的人，願您的人生曲折但順遂，悲傷無力卻也歡欣滿意。

願神祝福，願光明與黑暗與您同行。

沃爾瓦新曆一三四年一二月增補修訂

釀奇幻17　PG2019

莉莉絲

作　　者	Chazel
責任編輯	陳慈蓉
圖文排版	周妤靜
封面設計	葉力安

出版策劃	釀出版
製作發行	秀威資訊科技股份有限公司 114 台北市內湖區瑞光路76巷65號1樓 電話：+886-2-2796-3638　傳真：+886-2-2796-1377 服務信箱：service@showwe.com.tw http://www.showwe.com.tw
郵政劃撥	19563868　戶名：秀威資訊科技股份有限公司
展售門市	國家書店【松江門市】 104 台北市中山區松江路209號1樓 電話：+886-2-2518-0207　傳真：+886-2-2518-0778
網路訂購	秀威網路書店：http://store.showwe.tw 國家網路書店：http://www.govbooks.com.tw
法律顧問	毛國樑　律師
總 經 銷	聯合發行股份有限公司 231新北市新店區寶橋路235巷6弄6號4F 電話：+886-2-2917-8022　傳真：+886-2-2915-6275

出版日期	2018年3月　BOD一版
定　　價	230元

國家圖書館出版品預行編目

莉莉絲 / Chazel著. -- 一版. -- 臺北市：釀出版,
2018.03
面；　公分. -- (釀奇幻；17)
BOD版
ISBN 978-986-445-247-7(平裝)

857.63　　107001848

讀者回函卡

感謝您購買本書，為提升服務品質，請填妥以下資料，將讀者回函卡直接寄回或傳真本公司，收到您的寶貴意見後，我們會收藏記錄及檢討，謝謝！

如您需要了解本公司最新出版書目、購書優惠或企劃活動，歡迎您上網查詢或下載相關資料：http:// www.showwe.com.tw

您購買的書名：________________________________

出生日期：________年________月________日

學歷：□高中（含）以下　□大專　□研究所（含）以上

職業：□製造業　□金融業　□資訊業　□軍警　□傳播業　□自由業

□服務業　□公務員　□教職　□學生　□家管　□其它_____

購書地點：□網路書店　□實體書店　□書展　□郵購　□贈閱　□其他

您從何得知本書的消息？

□網路書店　□實體書店　□網路搜尋　□電子報　□書訊　□雜誌

□傳播媒體　□親友推薦　□網站推薦　□部落格　□其他__________

您對本書的評價：（請填代號　1.非常滿意　2.滿意　3.尚可　4.再改進）

封面設計____　版面編排____　內容____　文／譯筆____　價格____

讀完書後您覺得：

□很有收穫　□有收穫　□收穫不多　□沒收穫

對我們的建議：________________________________

____

____

____

請貼
郵票

11466
台北市內湖區瑞光路 76 巷 65 號 1 樓
秀威資訊科技股份有限公司 收
BOD 數位出版事業部

....

（請沿線對折寄回，謝謝！）

姓　　名：________________　年齡：________　性別：□女　□男

郵遞區號：□□□□□

地　　址：____

聯絡電話：(日) ________________　(夜) ________________

E-mail：____